Un voisin trop discret

Du même auteur,
chez le même éditeur

Un petit boulot, 2003
(et « Piccolo » n°28)

Une canaille et demie, 2006
(et « Piccolo » n°51)

Tribulations d'un précaire, 2007
(et « Piccolo » n°61)

Trois hommes, deux chiens et une langouste, 2009
(et « Piccolo » n°76)

Arrêtez-moi là !, 2011
(et « Piccolo » n°87)

Ils savent tout de vous, 2015
(et « Piccolo » n°131)

Pour services rendus, 2018
(et « Piccolo » n°155)

Iain Levison

Un voisin trop discret

*Traduit de l'anglais
par Fanchita Gonzalez Batlle*

LIANA LEVI *piccolo*

L'auteur a bénéficié, pour la rédaction de ce livre,
d'une bourse d'écriture de la Maison de la poésie
dans le cadre d'une résidence soutenue par la Ville de Paris.

Titre original: *Parallax*

© Éditions Liana Levi, 2021
© 2021, Éditions Liana Levi, pour la traduction française

ISBN: 979-10-349-0546-1

www.lianalevi.fr

1

Le médecin jette le dossier sur sa table, dit bonjour à Jim d'un signe de tête et s'assoit lourdement dans son fauteuil qui s'incline instantanément. Il est jeune, rasé de près et professionnel, il porte une alliance, et Jim se demande si sa femme est aussi ennuyeuse que lui. Jim vient chez le médecin depuis trois ans et ne l'a jamais vu sourire ni plaisanter, ni indiquer d'une manière quelconque qu'il a une vie hors de son cabinet. Il n'y a pas de photos de famille dans son bureau, rien que deux planches d'anatomie en taille réelle du corps humain, l'une montrant les organes et l'autre le squelette. Avant sa première visite Jim s'est renseigné sur Internet et a trouvé une photo du médecin dispensant des soins dans une clinique pour les sans-abri. Quelle générosité chez cette jeune génération. Et quelle compagnie désagréable.

« Vous pourriez vous permettre de perdre cinq kilos, dit le médecin. Et de faire un peu plus d'exercice. Je vous recommanderais la marche. Quel métier faites-vous ?

— Je suis chauffeur Uber.

— Donc vous passez beaucoup de temps assis.

— Ouais.

— Essayez vraiment de marcher davantage. » Il hoche la tête avec satisfaction. « Pour le reste, vous vous portez plutôt bien pour un homme de soixante-trois ans. Tous vos examens sont négatifs. »

Il y a un moment de silence puis Jim regarde par la fenêtre et dit « Merde ».

« Non, non, dit le médecin. Négatifs c'est bien. Ça signifie…

— Je sais ce que ça signifie.

— Alors pourquoi…

— Rien ? Pas de tache sur les poumons ? Pas d'artère bouchée ? Pas même de tension élevée ? »

Le médecin le regarde perplexe.

« J'espérais vaguement que vous m'annonceriez que je n'ai que quelques mois à vivre. » Cette fois le médecin est affolé, alors Jim lui fait un sourire chaleureux. « Vous savez, peut-être me renvoyer chez moi avec un flacon de cachets à prendre d'un coup pour que je m'en aille tranquillement.

— Monsieur Smith, pardonnez-moi mais… vous a-t-on déjà diagnostiqué une dépression ?

— Nan.

— Êtes-vous suivi par un… euh, psychiatre ou un psychologue ? Quelqu'un avec qui vous pourriez parler de ces anxiétés ? » Il feuillette un carnet d'adresses sur son bureau.

« Je n'ai pas d'anxiétés, dit Jim, je vais bien.

— Je vais vous donner le numéro de quelqu'un que vous devriez voir. »

Jim fait un joyeux geste de refus. « Je ne veux voir personne. Je ne suis pas déprimé. Je ne veux pas parler de mon enfance ni rien de ces conneries. »

Le médecin écrit un nom et un numéro de téléphone sur un bout de papier et le lui tend. « Il ne s'agit pas de votre enfance. Il pourra vous prescrire quelque chose qui vous remonte le moral. Pour que vous voyiez les choses un peu différemment. »

Jim hausse les épaules et prend le papier. « Je ne veux pas voir les choses différemment. Écoutez, mon vieux, tout empire. Je veux dire que tout empire partout où vous regardez. » Il se souvient que le nom de famille du médecin est Greenberg et il ajoute : « Je suis sûr que les Juifs en Allemagne dans les années trente ont commencé à dire que tout allait de plus en plus mal. Qu'auriez-vous fait ? Vous leur auriez prescrit des médicaments ? »

Le médecin fait basculer son fauteuil vers l'avant, pose les coudes sur son bureau, menton dans les mains, et regarde Jim en cachant bien sa panique. Il veut l'aider, Jim le sait, mais il n'a aucune idée de comment s'y prendre. Jim ne veut absolument pas de son aide et commence à s'en vouloir d'avoir soulevé la question. Ce type a fait sa journée de travail, examiné des radios et des analyses de sang, et maintenant Jim le force à sortir de la relation médecin-patient, manifestement la seule dans laquelle il se sent à l'aise.

« Pourquoi… pourquoi avez-vous la sensation que tout va de plus en plus mal ? »

Jim sait que le médecin ne veut pas de cette conversation, qu'il souhaite recevoir le patient suivant, la femme d'une quarantaine d'années pleine de gaîté avec laquelle il a bavardé quelques minutes plus tôt dans la salle d'attente. Ils échangeront des plaisanteries, elle posera des questions normales, ne voudra pas avoir d'artère bouchée et il ne se sentira pas tout bizarre. Mais le médecin a posé une question et Jim répond.

« Quand je suis né il devait peut-être y avoir trois milliards d'habitants sur la planète, dit-il. Aujourd'hui nous sommes près de huit milliards. Et le chiffre va probablement monter à onze ou douze. La planète ne peut pas gérer ça. Nous sommes trop nombreux. Les océans se vident de poissons, le ciel est plein de fumées et d'acides, l'Amazonie est en flammes. Bordel, la moitié de la Californie flambe chaque année et toute la partie ouest du pays manque d'eau. Regardez l'Asie. Elle n'a plus d'eau parce que les réserves de neige de l'Himalaya ne se reconstituent pas. La Chine, l'Inde, le Pakistan. Leurs fleuves s'assèchent et ce sont tous des puissances nucléaires. Comment croyez-vous que ça va finir? Et les boulots… des putains de robots peuvent…»

Le médecin lève une main. «Je comprends», dit-il pensivement. Il se caresse le menton. «Vous ne devriez peut-être plus lire autant les nouvelles.»

Jim s'étrangle de rire puis, inquiet d'avoir offensé le médecin, il s'excuse. «Je ne pense pas qu'être informé des problèmes soit le problème, dit-il.

– Dans quel secteur travailliez-vous avant de prendre votre retraite, monsieur Smith?»

Jim hausse les épaules, il se rend compte que le médecin essaie de passer à un sujet qui le met plus à l'aise. «J'étais contrôleur du trafic aérien.

– Ce doit être stressant», dit le médecin. Sous-entendu, c'est peut-être le stress qui vous a rendu comme ça.

«Ça l'était, parfois. J'ai été viré en 2004.» Sous-entendu, ça fait quinze ans, alors nan.

Il y a un silence de quelques secondes puis Jim sourit et se tape sur les cuisses, signe de décision. «Bon, je ferais bien de retourner travailler.» Il se lève et le médecin, qui essaie de ne pas montrer qu'il est soulagé de le voir partir, l'imite. «Je vais retourner conduire un véhicule qui vomit du dioxyde de carbone dans l'atmosphère, pour une entreprise qui perd de l'argent sur chaque course. Une façon formidable de passer sa journée, hein, doc ? La durabilité. C'est le nouveau mot qui plaît aux gosses.

— Eh bien, que cela vous plaise ou non, dit le médecin dans sa première tentative de faire de l'humour, vous avez une santé de cheval.

— Un cheval un peu trop gros qui a besoin de marcher davantage », répond Jim. Ils gloussent ensemble et le malaise du médecin disparaît quand revient la relation médecin-patient.

« Surtout appelez ce type, le numéro que je vous ai donné, dit le médecin redevenu sérieux.

— Sans faute, docteur. » Jim ouvre la porte de la salle d'attente où l'aimable quadragénaire adresse à tous un sourire optimiste que Jim et le médecin lui rendent, tandis que ce dernier l'invite à passer dans son bureau.

Jim va vers la caisse et paie cash, comme il le fait toujours. Puis il retourne à sa Chevrolet Malibu 2015, fait une boulette avec le bout de papier que lui a donné le médecin et la jette par la fenêtre. Et ensuite il reprend le travail en acceptant des courses.

Quand Jim arrive chez lui il commence à pleuvoir et la lumière baisse, mais les réverbères ne sont pas encore allumés. Maintenant que l'automne est là les arbres qui bordent sa rue de l'ouest de Philadelphie perdent leurs feuilles, et sous la pluie elles deviennent une masse glissante qui recouvre trottoirs et chaussées. Elles vont faire tomber des cyclistes et de temps à autre des piétons, et Jim doit avancer avec précaution jusqu'à la porte de son immeuble.

Il approche de la porte d'entrée quand il s'aperçoit que sa nouvelle voisine est déjà près des boîtes aux lettres et qu'elle le voit arriver. Merde. S'il avait su qu'il allait devoir parler à quelqu'un il aurait été heureux de rester sous la pluie quelques minutes de plus. Il a passé l'après-midi en bavardages creux avec une foule de clients Uber et il pense que ça suffit pour la journée. Il tarde une seconde à ouvrir en faisant semblant de chercher la bonne clé et en laissant à la jeune femme le temps de monter l'escalier, mais elle s'approche et lui ouvre la porte.

«Salut, dit-elle, je suis nouvelle dans l'immeuble. Je viens d'emménager en haut.

– Salut», dit Jim et il lui fait un signe de tête. Il l'a vue emménager il y a quelques jours de sa fenêtre quand elle portait un pantalon de sport gris et un vieux T-shirt bleu, ses cheveux noirs noués en chignon. Il espérait qu'elle serait aussi calme que la femme qu'elle remplaçait, une étudiante timide de troisième cycle qui faisait de son mieux pour toujours éviter que leurs regards se croisent, l'idée que se fait Jim de la voisine idéale. Cet espoir a été ébranlé quand une femme plus âgée, probablement sa mère, est apparue quelques heures plus tard avec un petit garçon qui aime hurler pour n'importe quelle raison et court dans tous les sens dans un état d'agitation permanent. Heureusement, la chambre de l'enfant est au bout de l'appartement, pas contre le sien. Les appartements sont séparés par deux plaques de placoplâtre comme on en faisait autrefois et qui n'absorbent pas le bruit. Si vous rotez, votre voisin l'entend.

Elle sourit, un grand sourire chaleureux, et tend la main. «Je m'appelle Corina.»

Jim la serre, puis il fait semblant d'être très impatient de prendre son courrier. Elle est mieux habillée aujourd'hui, en robe rouge moulante avec un décolleté profond, et un collier en or qui disparaît entre ses seins. Et elle sent bon. Il pense lui dire qu'elle est en beauté mais décide de ne pas le faire. Il a l'impression que tant d'hommes de son âge sont des salauds qu'il doit être super poli pour ne pas passer pour l'un d'eux.

« Jim », dit-il. Il prend son courrier, claque la porte de sa boîte et en commençant à monter les marches il ajoute : « Content de vous connaître.

— Je suis enfermée dehors, dit-elle. Je suis descendue prendre le courrier et la porte s'est refermée derrière moi. » Elle le regarde pleine d'espoir.

Jim s'arrête sur la troisième marche. En quoi cela le concerne-t-il ? Ce serait grossier de le lui demander.

Elle comprend son expression. « Est-ce qu'il y a… je ne sais pas, quelque chose comme un gardien d'immeuble ou quelqu'un avec une clé de secours ?

— Pas de gardien, rien qu'un propriétaire. Seulement quatre appartements, nous nous débrouillons tout seuls, le plus souvent.

— Mince. Eh bien, merci quand même. » Elle soupire et lui tourne le dos.

Dans l'escalier, Jim réfléchit quelques secondes et avant de pouvoir s'en empêcher il dit : « Je peux probablement vous ouvrir. »

Elle se retourne vers lui, l'air moins abattue. Jim se rend compte qu'elle est jeune. Pas encore trente ans ? Grande, jolie, des yeux marron. Elle a un accent populaire, probablement hispanique. Il remarque un tatouage sur son bras droit, juste au-dessus du coude, un symbole chinois quelconque. Autrefois il n'y avait que les marins et les putes pour se faire tatouer. Maintenant tous les jeunes se couvrent de dessins. «Comment?

— Ces serrures sont d'assez mauvaise qualité.

— Un moment, de mauvaise qualité? Qu'est-ce que ça veut dire? Vous allez casser ma serrure?

— Non.» Il ouvre la porte de chez lui et lui dit: «Attendez.» Et il lui ferme la porte au nez; il se demande immédiatement s'il a été grossier. Il l'a été, évidemment. Il aurait dû lui proposer d'entrer. Et puis non, marre de tout ça. Il ne veut pas d'étrangers chez lui. Il va dans la cuisine, sort la boîte à outils sous l'évier et prend le kit de crochetage, puis il revient dans le couloir.

«Qu'est-ce que c'est? demande-t-elle en voyant le pick dans sa main.

— Il n'y a que des serrures à cinq barillets dans cette maison. Ça ne devrait prendre que quelques secondes.» Il enfile le tendeur dans la serrure, puis le pick, il racle en avant et en arrière et il est surpris que le tendeur tourne presque immédiatement. Il continue de tourner, il y a un déclic, et la porte s'ouvre.

«Waouh, fait-elle, c'est cool.» Puis son visage devient inquiet. «Alors vous pouvez entrer chez moi comme ça vous chante?»

Il hausse les épaules. «Je suppose que oui. Mais je ne le ferai pas. Je ne suis pas comme ça.

— Vous êtes serrurier ou je ne sais quoi?

— Ouais.» Donner la réponse qui rend la conversation la plus courte possible.

Elle entre chez elle et reste sur le seuil. «Eh bien, merci encore.

— Pas de problème.» Il sent qu'il ne se montre pas assez amical. Il essaie sans succès de trouver quelque chose d'aimable à dire. Elle le regarde debout dans le couloir.

« Contente de vous connaître.

– Moi aussi. »

Il rentre chez lui et ferme sa porte doucement pour ne pas avoir l'air de la lui fermer au nez encore une fois.

Bennett, Texas

Madison pose sa bière et se retourne sur son tabouret de bar. Elle regarde Kyle dans les yeux pour voir s'il parle sérieusement. C'est le cas.

« Qui d'autre est au courant ? demande-t-elle.

– Tu es la seule personne à qui je l'ai dit. »

Elle se mord la lèvre et réfléchit. « Ma maman le savait. Elle l'a toujours su. »

Kyle rit. « J'y ai pensé. »

Madison rit aussi, lui prend le bras et se serre contre lui. « Je déteste quand elle a raison. » Elle pose la tête sur son épaule. « Alors je suppose que... ça peut expliquer...

– Yep. » Il finit sa bière et, d'un geste, en demande deux autres à la barmaid tatouée aux cheveux blonds hérissés.

« ... pourquoi tu n'as pas cherché à me faire perdre ma virginité, finit-elle. Je voulais vraiment que tu le fasses. J'étais tellement amoureuse de toi.

– Je sais. Je voulais être le petit ami parfait. Je t'aimais, tu sais. Sauf que... voilà. »

Elle lâche son bras et fait tourner le tabouret face à sa bière. « Merci de l'avoir dit. »

Il lui sourit. « Désolé d'avoir gâché un an de ta vie. J'ai vraiment l'impression que c'est ce que j'ai fait. »

Elle s'amuse à le pincer. « Ça n'a pas été un gâchis. Vraiment. Surtout ne le vois pas comme ça. On a eu des moments formidables ensemble. »

Il remercie la barmaid qui dépose deux nouvelles bouteilles devant lui. « Cadeau de la maison », dit-elle en indiquant l'uniforme de Kyle.

« Merci. » Il la salue en levant la bouteille vers elle et se retourne vers Madison. « Dans les bars en dehors de la base, lui dit-il à voix basse, tout le monde déteste les militaires, sauf les putes et les vendeurs de voitures. Mais ici tout le monde adore l'uniforme. C'est un changement agréable. Alors qui a été le veinard ?

– Quel veinard ?

– Celui qui t'a finalement dépucelée ?

– Oh mon Dieu. » Elle se prend la figure dans les mains. « Après ton départ à l'armée je me suis vraiment, vraiment ennuyée.

– Vas-y, son nom.

– Chris Dooley.

– Le type du magasin ouvert la nuit ? » Kyle se serre contre elle, taquin. « Pas possible. »

Elle glousse. « En fait, c'est vraiment un type très gentil. On est sorti ensemble disons, un mois. Il jouait toute la journée à des jeux vidéo. Et il allait au magasin. Rien d'autre. Je pense qu'il vit toujours chez ses parents et qu'il travaille toujours dans le même magasin.

– Seigneur. » Kyle prend une gorgée de bière. « C'est lui le père de ton fils ?

– Oh mon Dieu non. Le père c'est Jeff Hicks. Il accompagne des musiciens en tournées. Il a quitté la ville il y a quelques années.

– Il te verse une pension ?
– Pour l'enfant. Nous ne nous sommes jamais mariés. » Madison a un haussement d'épaules résigné. « Le salaud a disparu. Il a cessé de payer il y a trois ans et a quitté le Texas ; je n'ai pas de nouvelles depuis. Personne d'ailleurs. Il est peut-être mort, pour ce que j'en sais. » Madison déguste sa bière et se regarde d'un air absent dans la glace derrière le bar, puis elle arrange machinalement ses cheveux. Est-ce que quelqu'un a jamais pu avoir l'air normal dans une glace de bar ? On est généralement à moitié soûl, avachi sur son tabouret, se dit-elle. Elle se redresse.

« Tu es belle, dit Kyle en la voyant se regarder. Comment tu t'en sors ? »

Madison le considère, perplexe, en se réinstallant bien sur son tabouret et elle incline la tête sur le côté. « Kyle, mon vieux, qu'est-ce qui t'arrive, nom d'un chien ?

– Qu'est-ce qui m'arrive ?

– Tu es revenu en ville rien que pour me dire ton terrible secret ? Tu te sens coupable ou quoi ?

– Un peu. Je m'en veux d'être sorti avec toi pendant un an.

– Tu ne savais pas, dit-elle avec un geste d'indifférence.

– Je savais.

– Depuis toujours ?

– Ouais. Je l'ai compris en sixième. »

Elle est stupéfaite. « Vraiment ? Comment ? Tu t'es réveillé un matin et tu t'es dit "hé, je suis gay" ? »

Sa voix est douce, mais il lui lance un bref regard de reproche. Il est tellement habitué à le cacher que rien qu'entendre ce mot le rend hyper-vigilant. Elle a un geste d'excuse.

« Ça ne s'est pas passé comme ça. Tu te souviens de la maman de Bobby White ?
— Avec ses tenues léopard et ses gros nénés ?
— Exactement. Elle venait avec nous en excursion. Tous les garçons dans le bus parlaient de ses seins, de comme ils étaient super et ce genre de conneries. Et moi, je suppose que ça ne m'intéressait pas. Ils disaient qu'ils voudraient la voir toute nue, et je pensais que je préférerais voir Bobby White tout nu. C'est à peu près tout. Je l'ai su.
— Je vois, dit-elle en regardant sa bière. Ça doit faire bizarre. Et tu ne l'as jamais dit à personne ?
— Personne.
— Ta mère et ton père ?
— Pas question. Tu les connais. »
Elle rit. « Tu le caches bien.
— C'est pour ça. En grandissant avec eux j'ai appris à compartimenter.
— Tu veux dire mentir.
— Je veux dire garder mes vies séparées. » Kyle avale une longue gorgée de bière et Madison se demande s'il a honte.

« Alors je faisais partie de ta vie convenable ? » Ça ne la dérange pas autant qu'elle le pensait. Elle se demande si elle l'a toujours su, au plus profond de son cerveau, là où elle garde des souvenirs de l'enterrement de son père quand elle avait trois ans. Ou de son beau-père quand il est venu dans sa chambre une nuit quand elle en avait treize.

Elle soupire, songeuse. Elle décide qu'elle n'en a jamais eu la moindre idée. Elle pense que sa mère disait toujours que Kyle était gay rien que pour se moquer d'elle. Madison a toujours cru que si Kyle était le seul garçon de l'équipe de football à ne pas vouloir coucher avec sa petite amie c'était parce qu'il était amoureux fou de Lynette Watkins en secret, et qu'il attendait qu'elle rompe avec son copain pour la larguer elle et sortir avec Lynette. Même quand elle est sortie vierge du lycée, seule de sa classe à sa connaissance, elle ne l'a jamais sérieusement envisagé.

« Désolé. »

Elle lui prend de nouveau le bras. « Je pense que tu es bisexuel.

– Je ne le suis pas, vraiment. »

Elle l'embrasse, et il l'embrasse. « Tu vois !

– Je peux embrasser des femmes. Ça ne me dégoûte pas au point de me donner la nausée ni rien de ce genre. »

Elle éclate de rire et s'écarte de lui. « Eh bien merci. Je suis vraiment contente de ne pas te donner la nausée. »

Ils rient et regardent tous les deux le comptoir. « C'est une sacrée merde », dit-elle. Elle réfléchit un instant, sourcils froncés puis : « Alors… tu as déjà…

– Oui.

– Et… comment ça marche ?

– Seigneur, Maddie, sérieusement ?

– Non, je veux dire, pour trouver d'autres types. Dans l'armée.

– On ne les trouve pas dans l'armée. On les trouve en dehors. Il y a des endroits. J'en connais un à Seattle, c'est là que je vais d'habitude. Partout où l'armée m'envoie il y a un endroit. Il suffit de garder les yeux ouverts. »

Elle hoche la tête, tout à coup intéressée par l'histoire, mais ensuite elle demande : « Kyle, mon vieux, pourquoi revenir à la maison rien que pour me dire ça ? Tu as simplement besoin que quelqu'un d'autre soit au courant ?

— Non. En fait j'ai une question importante à te poser.

— Vas-y. »

Il tripote la capsule de la bouteille. « Tu sais que je pars en Afghanistan dans trois jours.

— Oui. Tu me l'as dit.

— Je me demandais si tu voulais te marier. »

Madison croise les bras sur le comptoir. « Me marier.

— Oui.

— Avec toi.

— Oui.

— Oui, Kyle, c'est exactement ce que je veux. Je veux un mari gay qui part en Afghanistan dans trois jours. » Elle est ahurie par le tour qu'a pris la conversation.

« C'est exactement ce que je dis », confirme Kyle en souriant et en se penchant en avant comme s'il se préparait à un grand discours publicitaire. « Ça serait parfait pour toi.

— De quoi tu parles, bon sang ?

— Écoute, Maddie. Je suis dans une unité des Forces spéciales avec une habilitation confidentiel défense. Tu as une idée des avantages que ça me donne ? Je peux te faire venir, sans frais, sur la base, t'installer dans ta propre maison, pour que tu n'aies plus besoin de vivre avec ta mère. Tu as droit à tous les soins médicaux pour l'enfant. Les dents, les yeux, tout. Tout gratuit. Et pour toi aussi. Tu n'as pas besoin de faire quatre heures de bus pour aller à Austin chaque fois qu'il a besoin de voir un médecin. Il y a un hôpital sur la base. En plus, tu reçois une rémunération mensuelle, et j'ai un bon salaire. Je t'enverrai de l'argent tous les mois. »

Madison écoute. Elle était sur le point de partir jusqu'à ce qu'il mentionne le trajet jusqu'à Austin. Son fils, Davis, a une maladie d'estomac que personne n'a été capable de diagnostiquer, et elle a besoin d'aller régulièrement à l'hôpital.

Le voir vomir dans le bus est devenu son cauchemar mensuel.

« Et surtout, ajoute-t-il, tu auras des amies. Il y a beaucoup de femmes de soldats sur la base. Tu peux recommencer à sortir, t'amuser. » Il fait un grand geste pour montrer le bar avec son drapeau confédéré brûlé par les cigarettes, sa vieille table de billard que personne n'a jamais utilisée et le juke-box qui propose les mêmes morceaux depuis 2005. « Madison, tu peux quitter cet endroit merdique ! » Il lui touche le bras. « Quand je t'ai vue entrer tout à l'heure tu avais l'air si triste. »

Elle soupire, finit sa bière et lève la main pour en demander une autre. « C'est parce que tu te sens coupable ou quoi ? Ça n'est vraiment pas si grave.

— Non. Ça n'est pas ça.

— Quoi alors ? »

Les yeux de Kyle s'agrandissent. Une expression qu'elle se rappelle avoir vue chaque fois que quelque chose le passionnait. Au lycée il adorait apprendre des choses. Astronomie, sports, n'importe quoi. Kyle lisait des livres. Il la gardait au téléphone en lui parlant d'étoiles et de planètes pendant qu'elle jouait avec son chat en attendant qu'il finisse. Elle se demande s'il est le type le plus intelligent qu'elle a fréquenté. Probablement. La compétition n'était pas rude.

« Je veux faire carrière dans la politique, dit-il. Entrer à l'université via l'armée, puis utiliser mon habilitation confidentiel défense pour me faire transférer au Département d'État. Ensuite je veux un poste dans une ambassade et gravir les échelons jusqu'à devenir ambassadeur. Je me suis renseigné. Je prends déjà des cours de russe et de chinois.

– C'est super, Kyle. Quel rapport avec le mariage ?

– Les célibataires n'ont jamais de promotions. Le mariage est un signe de stabilité que l'armée apprécie. Et combien d'ambassadeurs gays crois-tu que nous avons ? Si j'ai une femme et un enfant sur la base, personne ne pose de questions et le chemin de ma carrière est tout tracé. »

Il hoche vigoureusement la tête pour montrer qu'il a fini de présenter son cas. Encore une caractéristique dont elle se souvient.

Elle pose les coudes sur le comptoir et met la tête dans ses mains. « Waouh. Chienne de vie. » Elle remarque que Kyle fait le même geste, comme s'il s'excusait d'avoir posé cette question. « J'ai toujours imaginé que si jamais quelqu'un me demandait en mariage il s'agenouillerait sur une plage quelque part. »

Kyle rit. « Je suppose que ma façon n'est pas la plus romantique. Mais je peux t'emmener à Paris, à Rome, n'importe où. Tu peux voir le monde. Comment penses-tu partir d'ici un jour si ce n'est pas comme ça ?

– En te servant de couverture. Davis et moi, la famille toute prête ?

– C'est à peu près ça. »

On peut dire ce qu'on voudra de Kyle, il ne raconte pas de salades, pense-t-elle. Voir le monde. Elle vient de passer trois semaines à économiser pour emmener Davis au zoo. Il est fou de joie à l'idée de voir les kangourous. Elle se mord la lèvre et demande : « En Australie ?

– Tu veux aller en Australie ? » Son visage s'éclaire quand il se rend compte qu'au moins elle prend sa proposition en considération.

« Je t'emmènerai en Australie.

– Je dois en parler à ma mère. »

Il la serre dans ses bras et elle résiste, au début, parce qu'elle n'a pas encore vraiment donné son accord, mais ensuite elle se rappelle comme c'était agréable et elle fond.

« Tu pourras coucher à droite et à gauche autant que tu voudras, dit-il. Mais pas avec des types de la base. Il faudra aller en ville pour en rencontrer.

– Je ne veux pas rencontrer d'hommes.

– Je dis seulement, pas sur la base. » Il a un grand sourire. « Être marié à une pute est pire pour ta carrière que d'être célibataire. »

Quand Madison entre dans le living, sa mère coupe le son de la télé, chose qu'elle fait rarement. Elle est en chemise de nuit, sa mauvaise jambe posée sur une caisse qui a remplacé depuis longtemps l'ottomane râpée. Elle demande : « Comment va ce vieux Kyle Boggs ? »

Madison pose son sac et va à la cuisine. « Tu veux du thé ?

– Non, je viens d'en prendre. »

Madison met la bouilloire en route et revient dans le living. « Kyle Boggs veut m'épouser.

— Kyle ? Vraiment ? Après tout ce temps ? » Sa mère paraît ravie et Madison se demande si elle lui racontera un jour toute l'histoire.

« Oui.

— Tu sais que j'ai toujours pensé que c'était un drôle de garçon, Maddie.

— Oui, je sais. Tu l'as dit au moins huit cents fois. » Madison soupire en ôtant ses talons hauts qu'elle laisse tomber par terre. Elle s'aperçoit qu'elle n'aura jamais besoin de le dire à sa mère parce qu'elle est déjà au courant. Bien entendu, elle ne sait pas que ç'a été exposé aussi explicitement, mais elle comprend l'idée générale. Sa mère est une coiffeuse de cinquante-huit ans qui a pris sa retraite il y a trois ans parce qu'elle avait des caillots dans les jambes, mais elle comprend comment le monde fonctionne.

« Il est toujours dans l'armée ?

— Oui.

— Tu serais logée sur la base ? Assurance médicale complète ? Pour Davis aussi ?

— Oui. »

Sa mère hausse les épaules avec un sourire triste. « Ç'a toujours été un gentil garçon. Ce sera bien. Fais-le pour le petit. »

Kor Bagh, Afghanistan

Grolsch ôte le capuchon de protection et regarde de nouveau dans la lunette. Il y a maintenant assez de lumière pour voir le village, si on peut l'appeler comme ça. Cinq maisons de pierre, une espèce de grange, et un rectangle boueux marqué pour des matchs de foot. Le terrain de foot est probablement le seul espace plat à des kilomètres alentour. Deux poteaux de bois fendus tiennent lieu de cage de but à chaque extrémité, et si le ballon les dépasse il roulera à flanc de montagne. Une centaine de mètres de barbelés ont été enroulés le long du bord pour éviter ça. C'est difficile de mourir en jouant au foot, se dit Grolsch, mais les Afghans ont trouvé le moyen de le rendre possible.

Des chèvres et des poulets courent dans le village mais il n'y a encore personne. Il fait le point et sa respiration voile le viseur.

Dawes se tortille derrière lui et se place à quelques pas à sa gauche. « Comment ça se présente ?

– Personne n'est encore levé », dit Grolsch.

Dawes bâille. « J'aime bien cette brume au-dessus des montagnes. Ce pays est joli le matin.

– Ce pays est merdique vingt-quatre heures sur vingt-quatre », dit Grolsch sans lâcher la lunette de visée.

Dawes rit et regarde le village avec son monoculaire. Il roule légèrement pour pouvoir fermer son blouson jusqu'au cou. « Il fait frisquet, dit-il. Et il va probablement pleuvoir aussi, bientôt. Ils ne vont pas jouer au foot sous la pluie.

– C'est ce qui m'inquiète. »

Ils regardent encore quelques instants et une femme en burka noire sort de la maison la plus proche d'eux. Elle descend la montagne en courant et va s'accroupir à une centaine de pas, elle soulève les lourds plis de la burka. Quelques secondes plus tard elle se relève et rentre chez elle en courant.

« C'est dingue, dit Grolsch. Ils ont la wi-fi par satellite dans cette maison. Probablement aussi une demi-douzaine de tablettes. Un générateur solaire pour les faire marcher. Mais ils n'ont pas l'eau courante et pissent dehors.

– Chut ! » Dawes met un doigt sur sa bouche. Derrière eux, loin en contrebas, ils entendent une chèvre bêler. Puis une autre. « Merde. » Dawes retourne en rampant vers l'entrée de la grotte où ils ont dormi, puis il se met à quatre pattes et s'approche un peu du bord de la corniche. Il regarde en bas et voit un chevrier et quatre chèvres au fond de la vallée, entre eux et le village.

« Chevrier. Quatre chèvres. On devrait retourner dans la grotte, dit Dawes. Jusqu'à ce qu'il s'éloigne.

– Il ne nous verra pas, dit Grolsch.

— Il verra notre haleine. »

Grolsch prend le col de son blouson et le remonte au-dessus de sa figure en disant : « Respire dans ton blouson. » Dawes en fait autant et ils regardent le chevrier marcher au-dessous d'eux à moins de cent pas. Les chèvres inquiètent davantage Grolsch que l'homme. L'homme sait où il veut aller et reste sur un chemin précis, en parlant tout seul, probablement en priant. Les chèvres, elles, vagabondent, reniflent et regardent ici et là en bêlant.

Elles le suivent et ils disparaissent. Les deux hommes soufflent et redescendent leur blouson.

« Les animaux ne regardent jamais en haut, dit Grolsch. Tu as remarqué ? »

Dawes ne répond pas. Il observe de nouveau le village au monoculaire. Rien. Il tire une poignée de barres de Granola de sa poche de poitrine et en tend une à Grolsch. « Petit déjeuner.

– Merci. » Grolsch prend la barre.

Une gouttelette de pluie tombe sur sa main. Il lève les yeux et une autre lui tombe sur le menton.

« Il commence à pleuvoir, dit Dawes. Qu'est-ce que tu veux faire ?

– Je ne peux pas tirer sous la pluie. » Grolsch remet le cache de protection de la lunette de visée et tire une housse de camouflage imperméable de sa poche arrière. Il la déploie et en recouvre précautionneusement le M-107. La pluie commence à forcir et produit des craquements chaque fois qu'une goutte frappe le plastique. « Viens. Mettons-nous à l'abri et fumons une cigarette. »

La grotte est étroite, à peine assez grande pour qu'ils y dorment à deux, mais assez haute pour qu'ils restent debout à l'entrée. Dawes fouille dans son paquetage et trouve ses cigarettes, il en extrait deux du paquet et en tend une à Grolsch. Dawes regarde dehors, et Grolsch rit.

« Il n'y a personne, dit-il en allumant sa cigarette. Recrache seulement la fumée vers l'intérieur. »

Ils fument quelques instants en regardant la pluie.

« Je me demande où allait ce chevrier, dit Dawes. Il n'y a rien par ici sur soixante-cinq kilomètres.

– Assad Abâd est à peu près à soixante-cinq kilomètres. Il va probablement marcher toute la journée pour vendre ses chèvres demain au marché.

– C'est dingue, hein? Je n'arrive pas à imaginer vivre comme ça.

– Il joue sans doute à des jeux vidéo sur son smartphone quand il s'arrête pour déjeuner », dit Grolsch et ils rient tous les deux.

La pluie se transforme en chantonnement qui résonne puis commence à faiblir. En tombant des rochers au-dessus de la caverne elle forme une petite chute d'eau et Dawes en recueille dans sa main pour en boire quelques gorgées. Puis il se tourne vers Grolsch et dit : « Nous allons tuer ce type devant ses enfants.

– Ouais. Il ne sortira que pour jouer au foot. Il faut le buter dès que tu le verras.

– C'est quand même un peu la merde, dit Dawes. Il paraît qu'on ne fait que créer un terroriste de plus. Tu en supprimes un, son gosse voit la cervelle de son papa explosée, et il prend sa place. Et s'il a un tas d'enfants, alors tu en as fabriqué encore plus. »

Grolsch ronchonne. « Regarde ce putain de village. Ce gosse vit dans cette baraque de pierre avec son dingue de père terroriste. Tu crois que ce père l'élève pour en faire un modéré ? »

Comme Dawes se contente de fumer en regardant autour de lui, Grolsch continue. « C'est déjà un terroriste, mon vieux. Je m'en fous qu'il ait huit ou neuf ans, son cerveau est déjà empoisonné par ces conneries. Si j'en avais l'ordre, je le descendrais aussi. Avec le reste de sa putain de famille. Et ensuite j'irais au Pizza Hut de la base me prendre une grande pizza pepperoni bien dorée. » Il lâche un grand nuage de fumée sous la pluie et le regarde. « J'adore la pizza croustillante. Et je la mangerais sans jamais repenser à ces salauds de hadjis. »

Il s'assoit sur un rocher et remarque qu'il est étonnamment confortable. Dawes regarde par terre sans dire un mot.

« Dawes, tu as lu son dossier, mon vieux. Le type a fait sauter une voiture piégée à Kaboul. Il a tué quarante personnes, toutes afghanes. Tu crois qu'il s'en est soucié de tuer des gens devant leurs gosses ? Merde, beaucoup de victimes étaient des gosses. Si ça dépendait de moi, je prendrais un drone pour lancer un missile en plein milieu de ce petit village et le réduire en cendres. » Grolsch écrase sa cigarette sur la pierre puis, par habitude, il recouvre le mégot de terre. Il ajoute gaîment: «Mais nous ne sommes plus autorisés à faire ça.

— Tu as raison», dit Dawes. Il enterre son mégot comme lui. «Absolument raison.» Puis il s'assoit aussi et ils regardent tranquillement tomber la pluie.

La caverne est froide et humide, et au bout d'une heure environ ils sortent leur couverture de camouflage, s'enveloppent dedans et font les cent pas en essayant de ne pas frissonner.

«Je tuerais pour un café, dit Dawes en tapant des pieds.

— Prends des pilules de caféine.

— C'est pas pareil.» Il serre davantage la couverture autour de lui. «Hé, j'ai rencontré le nouveau. Juste avant notre départ. Il était dans le bureau avec le capitaine Sullivan.

— Il est comment?

— Jeune. Je dirais vingt-cinq ans. Mais il a bourlingué. Deux fois en Irak, et il est depuis deux ans dans les Opérations spéciales. Sympathique. Il vient du Texas.

— Ah oui? Il s'appelle comment?

— Kyle Boggs. Il a un accent texan à couper au couteau. Il sort d'une petite ville au milieu de nulle part. Il vient de se marier avec son amour de lycée. Il sera probablement ton nouveau guetteur quand je rentrerai chez moi.

— Je ne veux pas devoir m'habituer à un autre guetteur. Pourquoi tu ne leur dis pas que tu veux rester un an de plus?»

Dawes rit. «Ma femme et mes enfants adoreraient ça.»

Ils fument de nouveau et enterrent leur mégot. Ils savent que ça n'a aucune importance. Quand les hadjis monteront ici, lorsque tout sera fini, pour chercher où les Américains avaient installé leur arme, ils trouveront les mégots en deux secondes.

« Le capitaine Sullivan a de vrais seins ou ils sont faux ?

– Qu'est-ce qui te fait croire que je le sais ?

— Oh, ça va.

– Je ne sais pas de quoi tu parles », dit Grolsch avec un sourire. Une minute plus tard il dit : « Ils sont vrais. »

Dawes rit et se tape sur la cuisse. « Je le savais ! Ça dure depuis combien de temps ?

– À peu près deux semaines.

– Elle est chaude. Mais c'est un officier. Soyez prudents.

– Oh, on l'est. Chaque fois qu'on baise c'est comme un thriller de la guerre froide, toutes les foutues précautions qu'on doit prendre... »

Dawes rit. Ils remarquent que la pluie a cessé. Ils se regardent.

« Voyons si c'est l'heure du foot. »

Le dossier fourni par S-2 dit que la cible ne sort presque jamais de chez elle, sauf pour le match de foot hebdomadaire. Grolsch se demande d'où est venue cette info. Un drone ? Un villageois collabo à notre solde ? Ils campent dans la caverne depuis déjà six jours et il n'y a eu ni sorties ni matchs de foot. Soit c'est aujourd'hui le grand jour soit les services du renseignement ont été défaillants. Grolsch a l'impression que Dawes a besoin que tout ça se termine.

Avant même qu'il enlève le capuchon de la lunette de visée Dawes dit: «Il y a du mouvement.»

Grolsch fait le point et scrute le village. Deux hommes, l'un en robe marron et l'autre en noir, se tiennent sur la surface plane du terrain et regardent le sol. Ils portent des calottes noires et sont enveloppés dans leur robe comme s'ils avaient froid. L'un d'eux appuie les pieds dans le sol en regardant l'autre.

«Ils testent le sol pour voir si on peut jouer dessus», dit Dawes. Il y a de l'excitation dans sa voix et Grolsch ressent la même poussée d'adrénaline.

«Le type en marron. C'est lui la cible.

– Tu crois?» Dawes sort son téléphone de sa poche, regarde quelques photos puis dans le monoculaire... «Il lui ressemble.

– C'est lui.

– Il a son nez. Tu as raison. C'est lui. Jette un œil.»

Grolsch met son œil dans le viseur. «Contact. Robe Marron.

– Robe Marron, contact. Cible en cours d'ajustement.»

Grolsch souffle en réglant du bout des doigts la bague de sa lunette de visée pour obtenir les chiffres. «Un point sept.» Il respire, expire.

«Vérifier niveau, dit Dawes.

– Nom de Dieu.» Robe Marron a remué et traverse rapidement le terrain de foot en accueillant de nouveaux venus. Deux autres hommes sont arrivés de derrière la grange et un petit garçon est sorti de la maison de Robe Marron.

«Je ne peux pas tirer à cette distance s'il n'arrête pas de bouger pendant au moins cinq secondes, dit Grolsch.

– Il sera peut-être gardien de but. Ils ne bougent pas beaucoup. » Ils se taisent quelques secondes, puis Grolsch rit, ce qui dissipe la tension. Ils savent que c'est un rire qu'ils ne pourraient jamais partager avec personne, car personne chez eux ne comprendrait en quoi c'est drôle. Grolsch se rappelle que la dernière fois qu'il était à la maison il a essayé d'expliquer des trucs drôles à sa femme et qu'elle l'a seulement regardé, sans expression, et sans dire un mot.

« Jette un œil », dit Dawes.

Grolsch met son œil dans le viseur. « Contact. Robe Marron.

– Contact. »

Ça peut durer des heures, ils le savent. Un tir parfaitement ajusté et pouf, il est éliminé du tableau juste avant qu'on entende la détonation.

À ce stade, huit ou neuf hommes et jeunes garçons sont rassemblés sur le terrain, et Dawes et Grolsch les observent circuler et bavarder. Un ballon de foot fait son apparition et les gamins jouent avec pendant que les hommes quittent le terrain. Robe Marron dit quelque chose à un des hommes et retourne chez lui.

« Merde, dit Grolsch.

– Non. Le revoilà. » Robe Marron sort de chez lui et ils le voient mettre un sifflet entre ses lèvres et souffler fort. Quelques secondes plus tard le son leur parvient à travers la vallée.

« On dirait que c'est l'arbitre, dit Dawes.

– Je ne regarde pas le foot. Les arbitres bougent beaucoup?

– Ouais.

– Merde. »

Ils regardent Robe Marron rassembler les joueurs autour de lui, il dit quelque chose et tout le monde se met en rang. Robe Marron se tourne face à la lunette et Grolsch croit une seconde qu'il le regarde.

« Merde », dit Dawes qui a la même impression.

Tous les joueurs se retournent maintenant et les regardent directement.

« Bordel, dit Grolsch, ils peuvent nous voir ?
— Impossible. Impossible, nous sommes à plus d'un kilomètre d'eux. »

Robe Marron tombe à genoux, et Grolsch dit avec un soupir de soulagement : « Ils sont seulement face à l'Est. Ils prient. »

Tout le monde sur le terrain tombe à genoux.

« Maintenant, maintenant, maintenant, dit Grolsch.
— Jette un œil.
— Contact, Robe Marron.
— Robe Marron, contact. Cible en cours d'ajustement. »

Grolsch règle sa lunette. « Un point sept. » Il attend que Dawes l'enregistre dans l'ordinateur.

« Vérifier niveau, dit Dawes. Relèvement de la visée, trois point huit.
— Prêt. » Grolsch commence la respiration, longue expiration, longue inspiration. Expiration. Retenir. Robe Marron est à genoux, sa tête se relève et s'abaisse comme s'il s'amusait à embrasser le sol. Allons, allons, allons. Donne-moi la putain de mesure du vent. Le type va se relever.

« Vent de gauche un point quatre. »
BANG.

Une vaporisation verticale de brume rose jaillit directement derrière Robe Marron qui tombe sur le côté. La boue éclabousse les autres joueurs, soulevée par la balle qui a frappé le sol derrière lui après avoir traversé son corps.

« Cible atteinte, dit Grolsch.
– Confirmé, dit Dawes.
– Appelle l'hélico. Tirons-nous de ce merdier. » Il a déjà levé le M-107 et replié le bipied. Il bondit et court à la caverne. Il empoigne les deux paquetages, en met un sur chaque épaule et sort en titubant. Dawes l'attend debout, mais il regarde toujours le village au monoculaire.

« Temps d'arrivée estimé dix minutes », dit Dawes en prenant son paquetage à Grolsch et en fourrant la radio dans sa poche. Il le met sur ses épaules et se retourne vers le village.

Tandis que Grolsch hisse le M-107 sur son dos, la bouche du canon encore fumante, Dawes dit : « Et merde.
– Quoi ?
– Ils ont un mortier, mon vieux. » Il lui tend le monoculaire. Grolsch peut voir le corps de Robe Marron étendu immobile au milieu du terrain, des hommes courent dans tous les sens. Deux s'agenouillent et installent la plaque du mortier juste à côté du corps, puis deux autres arrivent en portant un canon. Deux autres portent des obus.

« C'est un vieux mortier russe, dit Grolsch. Je vois une étoile rouge dessus. Il devait être tout ce temps dans la grange.
– Ils savent où nous sommes, vieux. Foutons le camp. » Dawes commence à grimper sur les rochers et Grolsch le suit. La grimpée est plus abrupte que dans son souvenir. Il y a une semaine qu'ils sont descendus et ont trouvé la caverne.

Un bruit éclate comme si le ciel s'ouvrait en deux au-dessus d'eux, et le flanc de la montagne tremble. Des grosses et des petites pierres pleuvent sur eux. L'une d'elles frappe Grolsch à la main et il pousse un juron.

Un autre obus s'écrase sur la montagne et Grolsch sent un tiraillement sur son paquetage comme s'il avait pris du shrapnel. « Merde! Continue! Continue! » Il voit que Dawes est déjà près du sommet. Dès qu'ils seront de l'autre côté les hadjis ne pourront plus les voir. Un troisième obus s'écrase juste au-dessous de la caverne, là où ils avaient installé le fusil. Grolsch regarde en bas et voit s'effondrer la corniche sur laquelle il a passé la semaine. Ces hadjis savent se servir de camelote russe rouillée.

Un autre obus. Et un autre. Puis quelques secondes de calme. Grolsch bondit sur ses pieds et grimpe plus haut, en glissant sur chaque pierre. Il se dit que Dawes doit avoir déjà franchi le sommet. Dawes se laisse glisser de l'autre côté. Il est à genoux sur son paquetage, haletant.

« OK?
— Ouais. Toi?
— Ouais. Je me suis bousillé la main. » Il se relève. « Viens, ils ne peuvent plus nous voir et nous ne sommes plus qu'à cinq cents mètres de la zone d'atterrissage. »

Un autre obus s'écrase à une dizaine de mètres. Dawes est renversé sur le dos, comme une tortue, son paquetage rend tout mouvement difficile. Grolsch vient l'aider à se relever.

Dawes lève un doigt. « Il y a un drone. Regarde. »

Grolsch regarde en l'air. C'est un petit drone caméra, un jouet d'enfant, un rectangle de moins de trente centimètres de long avec un rotor à chaque coin. Pas un vrai drone lanceur de missile Hellfire comme ceux que nous utilisons, pense-t-il. C'est un drone contrôlé à distance par les hadjis du village. Il vole juste au-dessus d'eux et repère les effets du mortier. Grolsch se débarrasse vite de son paquetage et sort son pistolet Glock. Quand il le pointe sur le drone, la minuscule machine s'envole vers la gauche, puis elle revient vite à droite. Ils me voient, pense-t-il. Ils me voient pointer mon arme. Ils voient nos gueules.

Un autre obus déchire le ciel et Grolsch se jette à terre. Puis le calme revient.

« Vas-y ! Vas-y ! Vas-y ! » crie Grolsch en continuant de grimper, puis il trouve un terrain plat. Il lève les yeux. Le drone est toujours au-dessus de lui, peut-être à neuf mètres. Il pointe le pistolet en l'air et le drone s'envole vers la gauche, puis revient aussitôt à droite. Impossible de l'atteindre. Grolsch se retourne et remarque qu'il est seul.

« Dawes ? » Il escalade un gros rocher et regarde autour de lui. À quelques pas il aperçoit le haut du paquetage de Dawes. Pris de peur il crie : « Merde ! » Il saute du rocher et court vers le paquetage.

Dawes est coincé entre deux rochers, couvert de sang. Grolsch tend le bras et essaie de le tirer, mais il lui suffit de hisser à peine Dawes pour voir qu'il lui manque la moitié du cou. Un autre obus s'écrase, tellement près qu'il arrose Grolsch de pierres. Il jure de toutes ses forces. Il lève la tête et voit le drone juste au-dessus de lui. Ils l'observent sur une tablette au village, en fêtant probablement la mort d'un des Américains. Il lève son pistolet et tire au hasard en criant, mais le drone continue de sautiller d'un côté à l'autre.

Il ne peut pas laisser Dawes. Mais il ne peut pas non plus laisser son paquetage. Il contient l'ordinateur balistique. Et il ne peut absolument pas abandonner le M-107. Pas question de faire cadeau d'un fusil de sniper haute technologie. Merde, que faire ? Hors de question de les laisser monter ici et prendre le corps de Dawes, mais impossible de le cacher parce que ce satané drone le surveille. Réfléchis. RÉFLÉCHIS !

L'ordinateur balistique. Dawes le garde dans sa poche droite fermée au Velcro. Grolsch glisse le bras entre les rochers et tâtonne sur le côté droit de Dawes. Trouvé. Il arrache le Velcro et sort l'ordinateur. Dawes remue. Grolsch recule, comme s'il s'était électrocuté. Dawes essaie de se lever et produit un son animal. Puis il glisse de nouveau et sa tête retombe en avant dans la poussière.

Encore un autre obus, celui-ci à moins de dix mètres. Encore une pluie de pierres. La prochaine sera juste au-dessus de sa tête. Dans dix secondes peut-être. Il met l'ordinateur balistique dans la poche de sa jambe de pantalon, tire une balle dans la nuque de Dawes, empoigne le M-107 et court vers la zone d'atterrissage.

Le sol ici ressemble à du gravier, pas génial mais au moins c'est plat. Il court une centaine de mètres et s'aperçoit qu'il entend ses pas et sa respiration. Les tirs d'obus ont cessé. Soit il est maintenant hors de portée, soit ils ont épuisé leurs munitions. Ils empoignent sûrement leurs AK47 pour le poursuivre maintenant, comme des justiciers dans un vieux western. Il lève la tête pour voir si le drone est toujours là. Oui. Ils savent exactement où il est.

Il guette le bruit de l'hélicoptère, mais les tirs ont cessé et la vallée est silencieuse. Il marche jusqu'à l'extrémité du petit plateau et regarde la vallée au-dessous.

Silence absolu. Il s'assoit au bord de la zone d'atterrissage, sort son Glock et le regarde. Sa main est en sang et gonflée comme un ballon. Si les hadjis arrivent avant l'hélico il devra utiliser sa dernière balle pour lui-même. Il pose le pistolet sur sa cuisse et attend tranquillement. On n'entend que le vent.

De toute façon, Dawes allait mourir. Il ne pouvait rien faire d'autre. Il ne pouvait pas l'abandonner au hasard. Il ne pouvait pas laisser ces bêtes sauvages le prendre vivant. Ils font des choses horribles aux prisonniers.

Il entend la voix des villageois qui grimpent la colline devant la caverne. Plus que quelques minutes à présent. Trois ou quatre peut-être. Le bruit porte loin par ici.

TCHOUF TCHOUF TCHOUF. Grolsch entend la lourde basse des rotors de l'hélicoptère. Un Blackhawk. Il entend de l'autre côté de la montagne les cris excités des hadjis qui entendent aussi l'hélico. Ils se rapprochent plus vite de lui maintenant. Grolsch lève la tête et voit le drone immobile au-dessus de lui. Il est trop éreinté pour lever encore son pistolet.

De la fumée. Il a besoin de la grenade pour alerter l'hélico. Tout l'équipement est dans le paquetage, à côté du corps de Dawes, et probablement en miettes. Merde. Il n'aura qu'à faire des signes. Le Blackhawk traverse rapidement la vallée et vient droit sur lui. Grolsch se lève et lui fait signe.

Le pilote le voit aussitôt. Le Blackhawk le dépasse, fait demi-tour et se pose sur le plateau. Grolsch met son M-107 sur son épaule et court tout courbé vers l'hélico. L'équipier du pilote l'agrippe et le hisse à l'intérieur.

« Où est l'autre gars ? crie-t-il.

— Mort. »

L'équipier fait signe au pilote et l'hélicoptère s'élève en projetant Grolsch contre des filets et du matériel de premier secours. Il détache le M-107 et le pose sur ses cuisses.

L'équipier demande : « Tu es blessé ? Tu as beaucoup de sang sur toi.

— C'est pas le mien. »

Grolsch souffle et regarde par la porte tandis que l'hélicoptère survole le village. Le terrain de foot est désert. Le corps de Robe Marron a disparu, le mortier est retourné dans la cachette. De cette hauteur le village paraît paisible. Une femme seule est debout au bord de la corniche, près des barbelés, les yeux levés vers l'hélicoptère. Elle le menace du poing.

Ils longent la vallée pendant quelques minutes, passent devant des torrents de montagne, remontent dans les nuages, redescendent jusqu'à ce qu'une route soit visible. Grolsch aperçoit quelque chose qui remue sur la route et il plisse les yeux pour mieux le distinguer. C'est le chevrier, avec ses quatre chèvres, en route vers le marché d'Assad Abâd.

2

Jim essaie d'éviter les personnes non blanches parce qu'il craint toujours de les offenser par un commentaire déplacé. Quand il était gamin, on appelait les gens noirs des «nègres» ou des «personnes de couleur». Nègre et de couleur ont disparu pour de bon et on les a appelés des blacks. Ensuite est arrivé Afro-Américains, et Jim n'est pas à l'aise avec ce terme. Il est sûr qu'il doit y avoir une nouvelle expression qu'il n'est pas suffisamment dans le coup pour avoir entendue. Il a donc décidé que la solution est de ne jamais aborder le sujet de la race, et d'essayer d'éviter autant que possible les non-blancs.

Jim déteste aussi les racistes. Ce sont des imbéciles. Il y a ainsi deux types d'individus qu'il essaie toujours d'éviter, les non-blancs et les racistes. Si vous ne parlez jamais à aucun de ces deux groupes, vous pouvez imaginer que la race n'existe pas, exactement comme John Lennon nous suggérait de le faire. Aussi, dès qu'il est question de race, Jim se considère-t-il comme un rêveur, très en avance sur son temps, et pas du tout comme les autres hommes blancs plus âgés.

La seule raison pour laquelle il a pensé à la race dernièrement c'est parce qu'il se demande si sa voisine est mexicaine, et si oui, comment on appelle les Mexicains de nos jours. Bien sûr, on peut parler à une Mexicaine sans mentionner le fait qu'elle est mexicaine, mais si le cas se présente vous courez le risque de dire quelque chose d'inapproprié si vous ne maîtrisez pas la terminologie actuelle.

Il se découvre intrigué par cette Mexicaine comme il ne l'a jamais été par l'étudiante qui a habité ici avant elle, ni d'ailleurs par qui que ce soit qui ait habité l'immeuble. De quoi vit-elle? Où est le père de son gamin? Il est tellement habitué à ne pas se mêler des affaires des autres qu'il déteste que sa nouvelle voisine occupe ses pensées.

Il ouvre sa tablette pour payer ses factures et il entend des coups sourds dans l'appartement d'à côté. Il décide que les Mexicains sont bruyants. Il s'aperçoit que sa voisine est au téléphone et qu'elle a placé un lit ou un canapé juste contre le mur qui les sépare. Elle s'y laisse tomber bruyamment et reprend une conversation que Jim entend clairement.

« Dix-huit mille, dit-elle. Disparus. Rien. Aujourd'hui je n'ai plus un sou en banque. Ma carte a été refusée à l'épicerie, je n'ai pas d'argent et hier j'avais dix-huit mille dollars. »

Il y a un silence pendant que son correspondant répond, puis elle demande, presque en hurlant : « Par qui? »

« OK, écoutez. Mon mari et moi sommes les seuls à avoir accès au compte… »

Mari, eh? Ce qui explique l'enfant. Où est-il?

« Il est en mission en Afghanistan. Il n'a pas pris l'argent. » Sa voix est montée de plusieurs octaves et Jim sent le stress à travers le mur. « Dubaï? Je ne sais même pas où c'est. Mais mon mari est en Afghanistan.

Donc quelqu'un à Dubaï a la carte bancaire de mon mari. »

Il y a un silence suffisamment long pour que Jim pense que la conversation est terminée, puis elle dit: «Grolsch, Robert Grolsch. G-R-O-L-S-C-H… OK, j'attends.» Puis un autre long silence. Puis, «MERDE!». À ce stade Jim suppose que la conversation est terminée.

Il veut quitter la pièce, mais il a peur de faire du bruit, ce qui pourrait alerter sa voisine et lui faire penser qu'il l'espionne. Il cherche Dubaï sur Internet et lit quelques informations sur le pays. À la base, un riche petit bac à sable du Moyen-Orient. Il entend un bruit provenant d'à côté et sent une vibration, comme un très petit séisme, et se rend compte qu'elle sanglote et secoue le canapé. Oh merde, se dit Jim. Aussi silencieusement que possible il se lève et sort de la pièce sur la pointe des pieds en fermant la porte derrière lui. Espionner une conversation privée sur les finances est une chose, mais le chagrin mérite un certain respect. Jim va dans la cuisine se faire un café.

À peu près dix minutes plus tard on frappe à la porte. Quand Jim va ouvrir, Corina paraît heureuse. S'il ne l'avait pas entendue sangloter à travers le mur de son bureau il y a quelques minutes il attribuerait ses yeux légèrement gonflés à une allergie. «Hé, fait-il.

– Salut.» Il remarque qu'elle a enfilé un jean et un T-shirt vert plutôt décolleté, et doute que ce soit ce qu'elle portait pendant la conversation téléphonique. «Je dois vous demander un très grand service.

– Je vous en prie. Dites.»

Elle a l'air gauche et Jim se rend compte qu'il devrait lui proposer d'entrer, et ne pas la laisser demander un très grand service dans le couloir. Il n'aime pas que les gens entrent chez lui, mais quand ils sont dans le couloir et qu'ils sont jeunes et attirants il décide que pour cette fois c'est possible. Il ouvre la porte plus grande. « Entrez.

— Merci. » Elle entre et regarde autour d'elle en faisant semblant de ne pas regarder. Jim entretient bien son appartement et ses meubles sont à la mode au cas où il aurait des visiteurs, ce dont il n'a jamais envie. Il est allé dans un magasin de meubles à Plymouth Meeting l'année dernière et s'est acheté pour des milliers de dollars de nouveau matériel électronique, de canapés et de lits, au cas où quelqu'un aurait une raison de venir le voir. Il ne l'imaginait pas entrer dans l'appartement, seulement lorgner par-dessus son épaule quand il ouvrirait la porte. Corina a déjà dépassé sa première ligne de défense et il est heureux d'avoir pris le temps et la peine de ne pas apparaître comme le vieux de l'immeuble. Avec le café fraîchement préparé, l'appartement sent même bon.

« Vous voulez du café ? »

Elle réfléchit plus longtemps que nécessaire puis acquiesce. « Mon compte bancaire a été piraté. Je voulais savoir si je pouvais vous emprunter vingt dollars jusqu'à ce que je comprenne ce qui s'est passé.

— Mais bien sûr, naturellement », dit Jim en allant dans la cuisine. Il verse deux tasses, propose du lait et du sucre et elle accepte les deux, l'obligeant à se démener puisqu'il ne prend ni l'un ni l'autre. Quand tout est prêt il lui propose de s'asseoir sur le canapé. « Votre compte bancaire a été piraté ? C'est arrivé comment ?

— Mon mari est en Afghanistan. Je pense qu'il a utilisé notre carte et que quelqu'un a trouvé le code et a vidé le compte. »

Jim affiche l'expression de compassion appropriée. « Bon Dieu, dit-il. C'est moche. Je suis sûr que la banque réglera ça. Vous n'avez besoin que de vingt ?

– Eh bien… » Elle s'interrompt, prend la tasse de café, l'examine. Jim lui a donné sa plus propre, sa plus jolie, et elle a l'air d'approuver. Elle demande avec une grimace : « Cinquante ? Je n'ai pas fait de courses. Je dois aller chercher mon fils à la garderie à trois heures et il n'y a rien à manger à la maison. »

Jim hoche la tête et retourne dans sa chambre. Il empoigne une liasse de billets retenue par un élastique et revient dans le living. Il la lui tend. « Il y en a mille.

– Waouh. » Elle regarde le tas de cash. « Je n'ai pas besoin d'autant.

– Ça pourrait arriver. Les banques prennent parfois du temps pour régler les problèmes. Vous les rendrez quand vous pourrez. »

Elle a un air soupçonneux. « Je ne peux pas prendre ça. »

Jim laisse tomber la liasse de billets à côté d'elle sur le canapé. « Prenez ce qu'il vous faut », dit-il et il s'assoit dans son fauteuil. Il décide de changer de sujet dans l'espoir de la mettre à l'aise. « Qu'avez-vous dit que fait votre mari ?

— Il est en Afghanistan, dans l'armée. Il n'en parle pas beaucoup. Je pense qu'il travaille surtout dans l'approvisionnement.

– Il s'absente longtemps ?

– Des missions de six mois. Six mois là-bas, six mois de congé. Il sera là dans quelques semaines.

– Ça doit être pénible de rester seule avec le petit tout le temps.

– Ma mère m'aide. Et c'est un gentil petit garçon. Mais son papa lui manque. » Le silence plane et elle regarde de nouveau autour d'elle comme si elle examinait les murs de l'appartement de Jim.

« Écoutez, dit-elle enfin, je ne vous connais pas assez bien pour prendre mille dollars. C'est très gentil de votre part, mais je ne peux pas. »

Jim hausse les épaules. « Prenez ce dont vous avez besoin. Un montant qui ne vous mette pas mal à l'aise. » Il lui adresse ce qu'il espère être un sourire chaleureux. « Je soutiens les troupes. »

On dirait qu'il a réussi. « Vous avez été dans l'armée ?

– Non.

– Vous avez toujours été serrurier ?

– Serrurier ? » Il la regarde une seconde, perdu, puis il se rappelle leur conversation quand il lui a ouvert sa porte. « C'est ça. Toujours serrurier. »

Trop tard. Elle a un regard sceptique, mais joyeux, comme si son mensonge était charmant plutôt que sournois. Elle regarde encore une fois les billets. « Je ne pourrais pas vous rembourser avant deux semaines au moins.

– Aucun problème.

– Vous êtes, disons, riche ? » Elle rit de surprise. « Qui garde mille dollars dans sa chambre ?

– Je suis retraité. Nous économisons, vous savez. Pour la retraite. Je ne me sers pas beaucoup des banques. Je suis chauffeur Uber, alors j'ai besoin d'un compte pour être payé, mais c'est tout. J'essaie de tout payer en liquide. C'est une affaire de génération, je suppose. »

Elle y réfléchit un instant. « OK, dit-elle. Vous pourrez vous passer de cet argent pendant deux ou trois semaines ?

– Naturellement, oui. Pas de problème.

– Je vous promets de vous rembourser… Ce ne sera que pour quelques semaines.

– Je sais. » Il est sur le point d'ajouter en plaisantant « Je sais où vous habitez », mais il a peur que ce soit pris pour une menace alors il réprime la remarque et la remplace par un sourire amical. « Bonne chance pour arranger tout ça. Et prenez votre temps. »

Corina finit son café et il débarrasse sa tasse. Elle se lève. « Alors, demande-t-elle, si vous n'étiez pas serrurier, que faisiez-vous ?

– J'étais comptable.

– Vraiment. Ça explique pourquoi vous vous y connaissez en argent.

– Exactement. » Il sourit. Il s'aperçoit qu'il sourit souvent avec elle. Et après son départ, en entendant ses pas chez elle, il se rend compte qu'il a enfreint plusieurs des règles qu'il a soigneusement établies. Au moins il ne lui a pas demandé si elle était mexicaine.

Dubaï

Grolsch se lève et traverse doucement la chambre d'hôtel. Le capitaine Sullivan, ou Leann comme elle préfère être appelée (bien que Grolsch ait du mal à le faire), dort encore et il ne veut pas la réveiller. Il y a si longtemps qu'il ne dort plus une nuit entière qu'il a oublié que c'est possible, et il la regarde respirer doucement, avec tendresse et envie. Il retrouve ses vêtements et fouille dans la poche de son pantalon pour prendre ses cigarettes, puis il sort sur le balcon.

Une pancarte en cinq langues demande aux clients de fermer la porte derrière eux pour éviter que le sable n'entre dans la pièce. Il obéit, plus pour Leann que pour l'hôtel. Même au quarantième étage Grolsch sent le sable lui fouetter la peau, mais ça ne le dérange pas. En Afghanistan il faut s'enduire de crème hydratante plusieurs fois par jour pour éviter que la peau ne se craquelle et se réduise en poussière, et le sable là-bas est pire, plus gros et plus froid. Ici, au moins, le vent est tiède.

Il allume sa cigarette et s'assoit dans le transat en regardant la ville devant lui. Il fait encore nuit, mais même en plein jour la vue ne serait pas nette, il le sait. Entre le brouillard, le sable, et ce qui ressemble à un orage en provenance du golfe on distingue à peine la plage à moins d'un kilomètre.

Il regarde le Burj Khalifa, le bâtiment le plus haut du monde, et estime la distance. Huit cents mètres. Pourrait-il tirer d'ici dans un appartement ? Pas aujourd'hui. Trop de vent. Le sable doit rendre difficile d'atteindre une cible. C'est une chose de tenir compte du vent, l'ordinateur balistique peut s'en occuper, pense-t-il, mais de petites particules de sable qui bombardent la balle doivent bousiller votre précision. Aucun moyen d'entrer ça dans un ordinateur parce que c'est tellement une question de hasard. Il doute de pouvoir atteindre le Burj d'ici. Peut-être que s'il prenait une chambre dans cet hôtel de luxe deux cent cinquante mètres plus près il y arriverait.

La porte-fenêtre s'ouvre et le capitaine Leann Sullivan sort, enveloppée dans un peignoir de bain de l'hôtel en éponge. Elle cligne des yeux sous l'effet d'une volée de sable et ferme la porte derrière elle.

« Tu ne pouvais pas dormir ? » demande-t-elle en s'asseyant dans l'autre transat ; elle tend les doigts vers sa cigarette. Il la lui passe.

« Nan. Je n'y arrive plus très souvent. »

Elle tire une bouffée et lui rend sa cigarette. « Cet hôtel est magnifique, dit-elle en regardant le transat. Je trouve que ce peignoir est le truc le plus confortable que j'ai jamais porté. J'ai envie de le voler.

— Emporte-le en Afghanistan, dit Grolsch. S'ils me le facturent, considère ça comme un cadeau. »

Elle se redresse dans le transat. « Combien coûte cette chambre ?

— Qu'est-ce que ça peut faire ?

— Je ne veux pas que tu dépenses tout ton argent pour moi. Un endroit bon marché m'irait très bien. »

Grolsch ne répond pas et ils regardent les lumières de Dubaï. La circulation sur le réseau labyrinthique des routes devient plus dense tandis que le monde se prépare à un nouveau jour. Il demande finalement : « Tu connais l'expression : "Il fait toujours plus sombre avant l'aube" ? C'est une connerie. Il fait de plus en plus clair et le jour se lève. Quiconque a passé une nuit à la belle étoile sait ça. »

Leann rit et il la regarde. Ses cheveux noirs, qui effleurent à peine ses épaules, et ses yeux sombres, intelligents, sont intimidants jusqu'à ce qu'elle rie. Rire lui donne l'air d'une lycéenne.

Ce voyage à Dubaï était son idée. Forcément. Il est simple soldat et elle est officier, donc toutes les idées viennent d'elle. Elle n'a cessé de faire appel à lui, de lui poser de plus en plus de questions insignifiantes sur des papiers qu'il avait fournis après ses missions, jusqu'à ce qu'il remarque finalement que son secrétaire n'était jamais là quand il arrivait dans son bureau. Elle était toujours près de lui quand ils consultaient des rapports, et puis un jour il a remarqué qu'elle avait mis du parfum juste avant qu'il entre et il l'a embrassée.

« J'ai tué Dawes », dit-il.

Elle se retourne dans son transat. « Quoi ?

— Il le fallait. Il était horriblement blessé. Les hadjis arrivaient. Je n'ai pas eu le choix. »

Elle met la tête dans ses mains. « Putain, Bob, je voudrais que tu ne me l'aies pas dit.

— J'avais besoin de le dire à quelqu'un. Ça n'est pas comme si je pouvais en parler à ma femme. »

C'est une violation mineure d'un accord tacite. Ils ne sont pas censés mentionner leurs conjoints respectifs. Ça détruit le monde imaginaire. Pour cette semaine à Dubaï, ils ne sont que deux personnes qui se sont rencontrées en Afghanistan et sont en vacances ensemble. Le monde imaginaire est plus beau que la réalité, parce que Leann le comprend et comprend son métier tandis que Corina ne veut jamais en entendre parler. Il a dit à Corina qu'il travaillait dans un dépôt d'approvisionnement, mais elle sait sacrément bien que ce n'est pas vrai, et le fait qu'elle n'ait jamais contesté ses mensonges le met hors de lui. C'est comme si elle s'abritait dans un monde d'illusion qu'il a construit pour elle. Leann, elle, ne vit pas un mensonge. Naturellement, elle sait tout parce que c'est elle qui l'envoie en mission, mais il est certain qu'elle ne fuirait pas la vérité même si elle ne la connaissait pas déjà.

Leann se recroqueville dans le transat et ramène ses jambes contre elle. Il se dit que ça a l'air confortable, mais il est trop grand pour essayer. Les gens petits sont comme les chats, ils peuvent trouver la position la plus confortable n'importe où. Au bout d'un moment elle demande : « Tu as parlé de nous à Dawes ?

— Non.

— Je pensais que vous étiez en mission pendant une semaine et que tu dirais probablement quelque chose.

— Non. Je n'ai pas dit un mot. »

Leann regarde les lumières de la ville, le fleuve de feux rouges arrière qui se forme sur la route au-dessous d'eux. « Allons passer la journée à Jumeirah, dit-elle.

— D'accord. »

Elle bâille. « Il faudra y aller séparément. Je te retrouverai là-bas.

— Pourquoi ?

— L'hôtel grouille de barbouzes. J'ai vu dans le hall un type de la CIA que je connais. Il vaut mieux qu'on ne nous voie pas ensemble. »

Grolsch grogne, agacé. « Quoi, tu veux te cacher ici et commander au service d'étage toute la semaine ?

— Non. » Elle se lève et l'embrasse sur le sommet de la tête. Elle se penche, lui masse la nuque, et son peignoir s'ouvre. « Nous devons seulement être prudents.

— Je sais. » Il se rend compte qu'il a l'air d'un petit garçon qui se fait gronder, mais ses mains lui font du bien et il ne va pas discuter. « Ce soir, je veux qu'on aille dîner au grill-room d'en bas.

— D'accord. » Elle sourit et lui embrasse l'oreille. « Nous irons à ton grill-room hyper cher entourés de gens riches payer quarante dollars pour un Martini. » Elle rit. « Rentrons. J'ai du sable dans les cheveux. »

Grolsch se sent bien dans le box du restaurant parce que l'endroit est sombre et calme et qu'il y est protégé sur trois côtés. Il a remarqué pendant la journée qu'il n'a plus aucun plaisir à être dehors. À la plage il était constamment sur le qui-vive, il sursautait au moindre bruit un peu fort tout en estimant les distances pour évaluer ses chances d'atteindre sa cible. Quand Leann lui a montré une réception colorée sur un yacht qui passait pendant qu'ils prenaient le soleil, sa première réaction a été « six cents mètres et un angle de tir parfait sur les fêtards du pont ».

Quelqu'un est passé avec une chèvre et il s'est mis à trembler malgré les trente-huit degrés. Heureusement, Leann lisait et n'a rien remarqué.

Il se demande s'il peut encore se détendre. Peut-être avec des drogues, se dit-il. Il n'en a jamais pris d'aucune sorte en dehors de l'alcool, et il n'y connaît rien, mais il sait que beaucoup de types qui rentrent chez eux après une longue mission y trouvent du réconfort. Il en sait assez pour comprendre que Dubaï n'est pas le genre d'endroit où on commence à se droguer. Il se rappelle avoir lu quelque chose au sujet d'un type qui, en marchant sur un morceau de marijuana, avait déclenché les détecteurs de l'aéroport, et s'était retrouvé en prison. Il se dit que s'il a envie d'essayer une drogue il attendra de retourner en Afghanistan. On y trouve de l'héroïne à gogo.

Héroïne, hasch, cocaïne, cachets. Il les connaît, il a même été en opérations avec des agents du Bureau des stupéfiants pour les dénicher et les détruire, mais il n'a encore jamais pensé à les utiliser. Est-ce qu'elles aident à dormir? À se calmer? Est-ce qu'elles empêchent de se demander si ce serait difficile d'atteindre n'importe quel passant à une certaine distance? Combien de temps faut-il pour devenir accro et ressembler à un de ces zombies qui vivent sous des tentes dans le lit asséché du fleuve qu'il voit chaque fois qu'ils traversent Kaboul ?

Corina le saurait, mais il ne peut pas lui poser la question. Elle travaillait dans une boîte de strip-tease quand ils se sont rencontrés, et elle sait tout des drogues. À leur premier rendez-vous elle lui a dit que ce qui lui plaisait chez lui c'était qu'il n'y connaissait rien et qu'il s'en fichait. Elle lui plaisait parce qu'elle avait bourlingué et qu'elle était ouverte et drôle, à la fois cynique et pleine d'espoir. Il venait d'une longue lignée de fermiers allemands du Middle-West qui étaient bons en sport et en travaux des champs, et elle d'une longue lignée de Portoricains vendeurs de drogue, strip-teaseuses et voleurs de voitures. Les opposés s'attirent, jusqu'au jour où ils cessent, sauf que maintenant il a un fils de quatre ans qui court se cacher, effrayé, chaque fois qu'il rentre de mission.

Il commande une autre vodka tonic au serveur austère qui s'éloigne silencieusement sur l'épais tapis qui absorbe tous les sons excepté celui du piano provenant du bar. Le soleil est en train de se coucher et la vue est à couper le souffle, mais Grolsch a choisi ce box précisément pour ne pas voir la vue. Il espère que Leann ne sera pas déçue. S'il avait une vue, il passerait la soirée à estimer les distances de tir et se mettrait à transpirer. Mieux vaut ne pas pouvoir voir à plus de quelques mètres.

Il remarque un homme blanc tanné assis à une table près de la fenêtre qui a l'air de l'observer.

Où diable est passée Leann ? Elle lui a dit qu'elle le retrouverait au restaurant dans quelques minutes. Et qui est ce type qui le regarde fixement ? Grolsch examine le couteau à steak sur la table. Il ferait une bonne arme si le type provoquait une scène.

L'homme se lève et Grolsch voit qu'il n'est pas brûlé par le soleil comme un touriste, mais buriné par le vent, comme un Afghan, avec cependant des traits aryens. Il porte une chemise du soir coûteuse, le col ouvert, et a gardé ses lunettes de soleil sur la tête malgré le coucher de soleil et la semi-obscurité du bar. Il regarde Grolsch en face et s'avance vers lui. Merde, Grolsch met la main sur le couteau. À mesure que l'homme se rapproche, il sourit et fait signe à Grolsch, qui repère la montre, une Casio G-shock. La montre préférée des Navy SEALs, les forces spéciales de la marine, et des agents de terrain de la CIA qui travaillent avec eux. Il est américain, probablement dans les services secrets.

Grolsch essaie de se rappeler. Il connaît ce type?

« Hé, dit l'homme en lui tendant la main. Comment ça va? »

Grolsch lâche le couteau et s'apprête à se lever pour lui serrer la main, mais l'homme lui fait signe de rester assis. « Mike Witt, dit-il. Je vous reconnais, de la 159e. Vous êtes un soldat du capitaine Sullivan, n'est-ce pas? »

Grolsch demande prudemment: « Nous nous sommes déjà vus?

— Techniquement non. Mais je connais votre dossier. Je vous ai spécialement choisi pour cette mission. » Il se glisse sur la banquette face à Grolsch qui remarque qu'il a les yeux fatigués et larmoyants et la figure profondément ridée par le vent et le soleil.

« J'attends quelqu'un, dit Grolsch.

— Je sais. Vous êtes avec le capitaine Sullivan. » En voyant l'expression de Grolsch il ajoute avec un geste de la main: « Je m'en fous complètement.

— Vous m'avez spécialement choisi? Qu'est-ce que ça veut dire?

– Vous êtes allé dans la province de Kunar la semaine dernière et vous avez liquidé une de nos cibles les plus importantes. Je voulais vous remercier. Vous avez fait un sacré boulot, dit Witt. Je sais qu'ensuite vous avez eu des soucis, vous avez perdu un ami. J'ai lu le rapport. »

Grolsch ne dit rien. Il a été entraîné à ne jamais parler de son travail à des étrangers, au point qu'il ne pourrait pas le faire même s'il en avait envie. Witt se rend compte qu'il est mal à l'aise et rit, et Grolsch devine qu'il boit depuis un bon moment.

« Je voulais seulement vous dire que ç'avait été un sacré boulot. Quand nous en avons dressé les plans, aucun de nous ne pensait que ça allait marcher. » Witt rit, un rire gras et sonore qui secoue la table. « Mais vous l'avez fait. Vous y êtes arrivé. Je voulais seulement vous serrer la main. »

Grolsch lui serre la main.

« Ce que vous faites dans la 159e fait toute la différence, dit Witt. Elle fout la trouille aux hadjis. Vous brûlez leurs villages avec un drone, ça les rend fous. » Witt met les mains sur la table et regarde Grolsch dans les yeux. « Mais vous faites ce que vous faites, une balle, une victime. Ils crèvent de trouille. Vous auriez dû entendre leur commentaire radio après que vous avez descendu leur type. J'ai cru qu'ils allaient se chier dessus. Vous leur avez envoyé un vrai message, qu'ils ne sont à l'abri nulle part. »

Grolsch hoche la tête. Personne ne l'a jamais remercié de cette façon. « Merci, mon vieux. Ça fait plaisir. »

Witt rit. « Ça nous rapproche encore de la victoire », dit-il en se levant. Il renvoie d'un geste le serveur qui s'approchait pour prendre sa commande puis se retourne vers Grolsch. « Je vous laisse tranquille », dit-il. Il se penche sur la table et lui tape sur l'épaule. « Ce que vous faites, c'est important. » Il regarde Grolsch dans les yeux avec intensité, comme un entraîneur de foot qui prépare son équipe pour le grand match. « C'est important. »

Il s'en va et Grolsch remarque qu'il essaie de ne pas tituber. Witt est visiblement habitué à déguiser l'effet que l'alcool a sur lui et il le fait bien. Grolsch connaît le genre. Ils finissent par ne plus le faire bien, alors ils titubent et se pissent dessus. Vous les retrouvez sur la base, couverts de leur vomi devant leur chambre. On ne peut pas cacher ce qu'on est indéfiniment.

C'est important. Plus près de la victoire. Si c'est ce que tu penses. Les hadjis ne vont nulle part. Ils sont très bien avec leurs chèvres et leurs sanitaires inexistants et leurs vieux mortiers russes dans leurs granges, et qu'ils aient peur ou pas on s'en fout parce qu'ils ne vont nulle part et qu'ils ne changent jamais d'avis sur rien. Mais si tu veux marcher comme si tu étais sobre et parler de victoire, j'ai rien contre, pense Grolsch. Du moment que ça te fait tenir la journée.

Il ouvre le menu quand Leann apparaît. Elle se glisse à côté de lui en souriant et il sent une bouffée de parfum de luxe. Il est stupéfait par la façon dont les femmes peuvent se transformer. Entre son treillis, son calot et son expression dure de commandement, la tenue dans laquelle il la voit le plus souvent, et l'allure qu'elle a ce soir avec sa robe bleue moulante et son collier de perles, on a du mal à croire qu'il s'agit de la même femme.

« Tu es belle. »

Elle sourit. « Merci. » Elle lui prend la main. « Tu parlais avec Mike Witt ?

– Oui. Tu connais ce type ?

– Il est de la CIA. Il parle couramment le pachto. Il est dans la région depuis 2001.

– Il est au courant pour nous. »

Leann rit. « Oui, bon. » Elle se penche et chuchote. « Tu vois le gars avec qui il est ? »

Grolsch voit le compagnon de table de Mike Witt, un grand et bel Arabe des émirats, en costume cravate immaculé. « Ouais.

– C'est un prostitué. Mike Witt aime les garçons.

– Pas possible.

– Ne les regarde pas comme ça, dit Leann en lui donnant une tape sur la main. Mais oui, c'est sûr. Chaque fois qu'il est à Kaboul il s'habille en Afghan et sort à la recherche d'un partenaire. » Elle rit. « Quand il est ici il vise un peu plus haut. Je parie que ce garçon demande deux mille la nuit. »

Grolsch rit et secoue la tête.

Leann prend le menu. « Très bien. Voyons ce que cet endroit nous propose. »

3

Dans Market Street il y a une intersection avec un feu rouge qui interdit de tourner à gauche, mais un feu vert pour ceux qui continuent tout droit, et Jim passe tranquillement en direction du restaurant près du fleuve.

Le type à l'arrière crie : « Hé, vous venez de brûler un feu rouge !

— Non. C'est autorisé. Tout va bien.

— Alors vous pensez que vous pouvez brûler les feux parce que vous conduisez un Uber ?

— Non. » Jim rit, mais avant qu'il puisse expliquer, l'homme se met à hurler.

« LAISSEZ-MOI DESCENDRE ! LAISSEZ-MOI DESCENDRE ! Vous allez me tuer ! » Jim s'arrête, le type sort en criant : « Vous êtes complètement malade ! » Et il claque la portière. Quelques secondes plus tard, un message apparaît sur son portable : Conduite dangereuse signalée. Une étoile.

Merde. C'est ça le monde dans lequel on vit de nos jours. Tout le monde peut donner son avis, même ceux qui ne savent pas de quoi ils parlent. Autrefois, il fallait s'y connaître vraiment dans un domaine avant de s'autoriser à critiquer les autres. Maintenant vous pouvez protester contre la vue que vous avez de votre Airbnb, ou parce que quelqu'un a mis trop de pignons dans votre salade, ou discourir sur l'imprudence de votre chauffeur Uber, et être totalement ignorant n'est pas un problème. Toute cette technologie a fait de nous des consommateurs informés, se dit-il, des enfants gâtés geignards qui n'y connaissent rien et ne la bouclent jamais.

Jim sait que cette étoile le fait descendre à 4.7, dangereusement près du 4.6 qui lui vaudrait d'être suspendu. Pour le robot qui règle ses journées, toute note au-dessous de cinq étoiles est un échec. Jim est dégoûté, il décide de ne plus accepter de courses aujourd'hui et de rentrer chez lui. Il sait que se mettre en colère ne fait qu'aggraver les choses. Il envisage de démissionner. Qu'est-ce que ça peut faire ? Il n'a pas besoin de cet argent, ni de l'exaspération d'avoir affaire à d'autres êtres humains. Ce dont il a besoin c'est de savoir pourquoi il peut se permettre de vivre dans un appartement relativement agréable dans un quartier calme et, bien entendu, d'une raison de sortir de cet appartement. Il expire, inspire, écoute sa respiration. Calme-toi.

Alors qu'il trouve où se garer à un pâté de maisons de chez lui, il sent la rage monter de nouveau. Une fichue étoile. Il sait que lorsqu'il était jeune il aurait déjà réagi à ce stade. Il serait peut-être allé au restaurant où se rendait le type et aurait réglé le problème. Peut-être pour de bon. Le monde serait meilleur avec cet homme mort, mais Jim pense souvent la même chose de lui-même. Il se demande si c'est ça la sagesse de l'âge. En descendant de voiture, il voit Corina et son fils qui rentrent chez eux et il sent sa rage se dissiper.

Elle lui fait signe. Il lui répond. Le petit garçon joue dans le tas de feuilles qui s'est accumulé au bord du trottoir.

Elle le lui présente : « Dylan. » Elle dit à son fils. « Dis bonjour à Jim. »

« Salut, Dylan », dit Jim. Le petit garçon le regarde avec de grands yeux marron, ceux de sa mère, puis il saute dans le tas de feuilles.

Corina le regarde faire, puis elle lui dit : « Raconte à Jim ce que nous allons faire demain. »

Dylan quitte d'un bond le tas de feuilles et dit : « On va avoir un chien.

– Vraiment ! » Il espère que ce n'est pas un chien qui aboie beaucoup. Y a-t-il des chiens silencieux ? Ils marchent ensemble vers leur immeuble, le petit garçon sautille devant eux en chantant tout seul. Jim pense combien le monde a changé depuis qu'il avait l'âge de ce gamin. Il se souvient de son père suivant les élections sur une petite télé en noir et blanc pendant qu'il jouait avec un train sur le sol du living. Kennedy contre Nixon. L'air d'un slogan politique résonne dans sa tête. *Kennedy Kennedy Kennedy Kennedy Kennedy for me.*

« Comment s'est passée votre journée ? » demande Corina en le tirant de sa rêverie.

Il pense au type qui l'a mis dans une colère noire et décide de ne pas en parler, d'abord parce qu'il ne pourrait pas raconter l'histoire sans jurer devant l'enfant, mais surtout parce qu'il s'imagine que Corina le considère comme un gentil voisin et qu'il veut jouer son rôle. « Comme d'habitude. » Il s'aperçoit en le disant qu'il a parlé davantage à cette femme qu'à qui que ce soit depuis des années. « Et la vôtre ? »

Elle lui raconte qu'elle a laissé Dylan à la garderie, et tous les problèmes liés à l'installation dans un nouvel appartement, obtenir le branchement de l'électricité et du câble. Jim se rend compte qu'elle est bavarde, ce qui est bien pour la conversation parce que lui ne parle vraiment pas. Il y a longtemps, il recherchait toujours les femmes qui parlaient beaucoup. Ça le déchargeait d'un fardeau. Quand c'était son tour de parler il pouvait rarement aligner plus de quelques mots. Certaines femmes aimaient bien ça et d'autres pas. Tu es du genre fort et silencieux, lui a dit une femme avec admiration dans les années quatre-vingt. Ils ont rompu par la suite parce qu'il l'était trop, ce pour quoi elle l'a qualifié d'« émotionnellement indisponible ». Tout le monde est un foutu psychologue en formation. Partager ses sentiments est à la mode de nos jours.

« Ça vous dit de dîner avec nous demain soir ? » Corina se tourne vers le petit. « Qu'est-ce qu'on a pour dîner demain ?

— Des hamburgers ! crie-t-il avec enthousiasme.

— Exact. » En montant les marches de la maison elle annonce à Jim : « Vous êtes invité pour des hamburgers demain soir. » Elle sent sa confusion devant cette invitation et ajoute : « Seulement si vous en avez envie.

— Oui. Ça serait bien. »

Elle ouvre la porte à Dylan qui bondit devant eux dans le couloir. Elle demande prudemment : « Vous aimez les enfants ? »

Jim hausse les épaules. « Je ne sais pas. Je suppose que nous le saurons demain. »

La dernière fois que Jim a dîné chez quelqu'un il y avait un président différent. Et la fois d'avant, encore un autre président. Jim a une moyenne d'un dîner par administration, et il trouve même que c'est excessif. Les deux dernières fois qu'il a accepté une invitation à dîner ça a été comme pour celle-ci parce qu'il estimait se faire moins remarquer en le faisant. Si vous acceptez une fois et refusez ensuite toutes les autres invitations vous n'êtes qu'un grincheux. Mais si vous n'acceptez jamais vous passez pour un excentrique, ou quelqu'un de secret et les autres se posent des questions sur vous. L'astuce c'est de ne jamais rendre les gens curieux.

La bonne odeur chaude du hamburger grésillant se répand déjà dans le couloir quand Jim frappe à la porte. Il apporte une bouteille de vin parce qu'il en avait une qui traînait, mais il a décidé que jean et sweat étaient assez bien pour des grillades. Il est content de voir que Corina est comme lui, en jean et haut décontracté. Elle n'est pas maquillée. Il se félicite de ne pas être trop habillé.

«Je suis impressionné par ce que vous avez fait de cet endroit», dit-il en regardant autour de lui. Elle est là depuis moins d'une semaine, mais on sent que c'est un lieu habité. Il y a des photos au mur, des cartons de déménagement pliés et entassés près de la porte, et de la musique de jazz douce. Les fenêtres sont embuées par la chaleur de la cuisine et du radiateur et Jim remarque que bien que presque identique à l'appartement de Corina le sien n'apporte pas la sensation de bien-être qu'il trouve ici. «Où est le petit?

— Il s'appelle Dylan, dit Corina sans nuance de reproche. Il est dans sa chambre, il joue avec le chiot.»

Jim se tourne vers le mur qui sépare leurs appartements et voit un confortable canapé en cuir brun. Ce doit être là qu'elle pleurait. «Comment ça se passe avec le chiot?

— C'est le premier jour. Nous verrons. Dylan est vraiment heureux, alors ça suffit pour le moment. C'est un shih-tzu. J'ai entendu dire qu'ils sont difficiles à dresser pour l'intérieur, mais ils n'aboient jamais. J'ai pensé que vous seriez heureux de l'apprendre. »

Jim rit.

« Vous avez ri. Je commençais à croire que vous n'aviez qu'une seule expression.

– On me le dit souvent. »

Elle sourit. « Merci pour le vin. » Elle lui tend deux verres et il les remplit en examinant le décor. Il la regarde cuisiner pendant un moment, déposer les petits pains grillés sur des assiettes et se sent soudain très bien. Il y a combien de temps qu'il n'a pas vu une femme cuisiner pour lui ? Probablement une trentaine d'années. Il rebouche la bouteille et lui tend son verre.

Dylan vient vers lui en courant, une petite boule de poils blancs dans les bras. D'une voix beaucoup trop forte pour la distance qui les sépare il se met à tout décrire du petit chien à Jim. Presque tout est incohérent, mais pas plus que les propos de beaucoup de ses passagers Uber ivres, et il réagit de la même façon, en hochant poliment la tête.

Corina pose les plats sur la table de la cuisine, ils s'assoient tous et commencent à manger.

Après le dîner Corina met Dylan au lit et Jim se dit qu'il est temps de prendre congé et de rentrer chez lui. En le voyant prêt à partir elle est réellement désolée et sort une autre bouteille de vin.

« Vous restez encore quelques minutes ? » Jim se dit tout à coup qu'elle ne passe peut-être pas beaucoup de temps avec des adultes. Le gamin est mignon, mais il a été soulagé quand Corina l'a mis au lit. Le bruit continuel commençait à lui taper sur les nerfs et il imagine que même sa mère ressent la même chose. Il s'assoit dans un fauteuil et elle sur le canapé. Elle lève son verre. « Merci d'être venu, dit-elle. Et merci pour le prêt.

– Merci pour le dîner. » Il s'installe plus confortablement dans le fauteuil recouvert de tissu gris, ferme les yeux et écoute le jazz. Puis il demande : « Comment ça s'est passé avec votre compte bancaire ? Ils ont trouvé qui l'a vidé ? »

Jim la voit mal à l'aise pendant une seconde et se demande s'il a bien fait de poser la question. Puis elle hoche la tête. « Je pense que c'est mon mari.

– Il a pris tout l'argent ? » Il sait qu'il y avait dix-huit mille dollars, mais parce qu'il a écouté à travers le mur. Il doit donc marcher sur des œufs.

« Oui. Je crois qu'il a une liaison.

– Il n'aurait pas pu vous laisser quelque chose ?

– Il est comme ça. Il fait tout à fond. Quand nous nous sommes rencontrés, il a dépensé des milliers de dollars pour moi. Il aime faire ça. Je pense qu'il a tout bonnement oublié qu'il a une femme et un enfant. » Elle déguste son vin et regarde pensivement la fenêtre embuée.

« Waouh. C'est la bonne affaire. Ne le laissez pas vous échapper. »

Elle rit, à sa grande surprise. « Sa mission se termine le mois prochain. Vous le rencontrerez. »

Jim acquiesce.

« Ne lui dites rien de tout ça.

– Non, bien entendu. Ne rien mentionner est mon super-pouvoir. Je suis très fort pour ça.

– Vous n'étiez pas vraiment comptable, n'est-ce pas ?

– Pourquoi dites-vous ça ?

– Parce que les comptables n'ont probablement pas mille dollars dans leur chambre. »

C'est au tour de Jim de rire. Elle remarque que la question est restée sans réponse mais elle n'insiste pas. « J'aime bien votre gamin. Finalement, les gamins, c'est bien.

– Il s'appelle Dylan, dit Corina amusée. Il vous aime bien aussi.

– Ah bon ? Il ne doit pas être exigeant.

– Vous seriez surpris. Beaucoup de gens sont recalés. »

Il rit de nouveau et découvre qu'il n'avait pas pris plaisir à une conversation depuis longtemps. Il a perdu l'habitude de parler aux gens. Il a quand même fait une bourde quand il a dit que ce devait être difficile d'être mère célibataire. « Techniquement, je n'en suis pas une », a-t-elle répondu.

Il termine son vin et la remercie encore pour le dîner. En rentrant chez lui légèrement éméché il se dit que c'est la première fois en trois administrations présidentielles qu'il a passé un bon moment avec quelqu'un.

4

« Votre nom ? » aboie la femme derrière la vitre. Sa voix, son regard, tout chez elle intimide Madison qui se vante de ne pas se laisser facilement impressionner. Depuis qu'elle a quitté le Texas, tous ceux qu'elle a rencontrés dans le monde militaire sont très directs et elle a l'impression de devoir constamment s'expliquer, que ses tentatives pour justifier son existence ne sont jamais suffisantes.

« Keeler. Madison Keeler. Le patient est Davis Keeler. »

La femme secoue la tête et regarde l'ordinateur. « Personne à ce nom dans le planning.

— Attendez, dit Madison. Boggs. Davis Boggs. »

La femme, une infirmière d'une cinquantaine d'années avec des lunettes à monture métallique noire et en tenue camouflée, s'adoucit en retournant à l'ordinateur. « Vous venez de vous marier, mon chou ?

— Oui, madame. »

La femme hoche la tête et sourit. « Ça m'a pris des mois pour que je me fasse à mon nom après mon mariage. Oui, Davis Boggs. Son rendez-vous a été déplacé parce que le docteur a dû annuler. On peut le remettre à jeudi ?

— Il vomit beaucoup, ces jours-ci. J'ai besoin qu'il voie quelqu'un aujourd'hui. » Elle se rappelle ses bonnes manières texanes. «Si ça ne pose pas de problèmes. »

La femme tape quelques mots, a l'air déçu, essaie encore et secoue la tête. Finalement elle demande à Madison : « Quelle est la situation de votre mari ? En mission ou ici ?

– En mission. Afghanistan.

– Vous connaissez son unité ?

– La 159e. »

La femme lève la tête. « 159e ? Vous êtes sûre ?

– Oui madame. »

Elle écrit quelque chose sur un morceau de papier et le lui tend. «La 159e c'est les Opérations spéciales, petite. S'il est en mission avec les Opérations spéciales, vous allez dans le bâtiment de l'autre côté du parking, là. Servez-vous de ce numéro pour entrer. Retenez-le et ne le donnez à personne.

– D'accord. » Madison n'est pas sûre de ce qui vient de se passer. Elle retourne dans la salle d'attente où Davis est enveloppé dans une couverture. Les dix minutes de marche de la maison de la base à l'hôpital ont été tellement plus faciles que le voyage aller-retour en bus à Austin qu'elle s'est félicitée tout le temps jusqu'à ce qu'elle apprenne que le rendez-vous était annulé. Maintenant il est affreusement pâle et elle commence à se tracasser.

«Il n'y a que le parking à traverser, chéri. Viens. » Davis se lève en grognant, mais il peut encore marcher. Ils traversent lentement le parking. Davis est silencieux, ce qui est préoccupant. Même quand il a des crises de vomissements il reste généralement bavard. Ils arrivent à la porte et Madison compose le numéro ; la porte s'ouvre sur un vestibule. Un jeune homme noir en tenue d'infirmier est assis à un bureau circulaire devant un ordinateur.

« Salut, petit bonhomme », dit-il gaiement à Davis qui lui répond d'un petit geste de la main. Il demande à Madison : « C'est à quel nom ?

— Boggs. Kyle Boggs, 159e Opérations spéciales.

— Oh, waouh. » Il tape quelque chose sur l'ordinateur et dit : « Venez par ici. »

Madison regarde autour d'elle. Au lieu d'une salle d'attente bondée et bruyante avec le sol et les murs carrelés, il y a une moquette, des fauteuils confortables et des plantes. Ils sont seuls. Elle a la nette impression d'avoir été élevée à une classe supérieure dont elle ignorait l'existence. Le jeune homme la fait entrer dans une salle de consultation et lui désigne une chaise. « Le docteur arrive.

— Merci. » Elle assoit Davis sur ses genoux et lui passe la main dans les cheveux. Quelques secondes plus tard la porte s'ouvre et une jolie femme en blouse blanche entre.

« Madame Boggs ? » Madison acquiesce, soudain consciente du fait que c'est désormais son nom. Elle est une madame. La femme lui tend la main et Madison la serre. « Je suis le docteur Stoller. » Elle se tourne vers Davis. « C'est notre patient ? »

Madison acquiesce. Elle est Mme Boggs. C'est la première fois que quelqu'un l'appelle comme ça, et la première fois que quelqu'un la traite de cette façon. Elle a travaillé sept ans comme serveuse dans un restaurant de routiers, et soudain des médecins l'appellent madame, et la traitent comme si elle avait de l'importance. Tout ça parce que son faux mari est dans quelque chose qui s'appelle la 159e.

Le docteur bavarde d'une voix apaisante tout en examinant Davis à qui elle explique tout ce qu'elle fait, à chaque stade. Puis elle sort et Madison l'entend parler avec un autre médecin. « Ne prenons pas de risques. Il est Opérations spéciales. » Puis des conclusions communes murmurées et la porte s'ouvre.

« Je ne pense pas que ce soit grave, dit le docteur Stoller. Mais nous aimerions qu'il passe la nuit ici en observation. »

Madison doit avoir l'air inquiet parce que le docteur Stoller lève immédiatement les mains en secouant la tête. « Ne vous tracassez pas. Je me sentirais seulement plus tranquille. Nous en profiterons pour faire des examens supplémentaires.

– Je... Je ne veux pas le laisser seul toute une nuit.

– Oh, ce n'est pas un problème, dit le docteur avec un sourire. Il y a un autre lit dans la chambre. Vous pouvez rester avec lui. Et demain matin nous vous renverrons tous les deux chez vous après le petit déjeuner. »

À l'hôpital d'Austin elle attendait trois ou quatre heures et avait de la chance si un médecin passait cinq minutes avec son fils. Elle accepte.

Le jeune homme qui l'a reçue arrive avec un chariot, il y installe doucement Davis en bavardant avec lui pendant qu'il l'attache. Le médecin les accompagne à l'ascenseur.

« Je vous verrai en haut dans quelques minutes, madame Boggs, dit-elle en souriant.

– Vous pouvez m'appeler Madison.

– Vous pouvez m'appeler Allison.

– Oui, madame. »

5

Ce Boggs est difficile à cerner, pense Grolsch. Ils traversent un secteur légèrement boisé pour atteindre un village cible, et Boggs n'a pas dit un mot de la journée. C'est peut-être bien de ne pas parler, vu qu'ils sont en plein territoire taliban, mais le terrain devient plus pentu, il fait froid et il est clair qu'il n'y a personne dans le coin. Il préfère simplement ne pas parler.

Ça n'est pas une question de compétence. Grolsch devine que Boggs sait ce qu'il fait. Il a servi deux fois en Irak et a prouvé qu'il était bon guetteur dans leur exercice d'entraînement, mais Grolsch et lui n'ont rien en commun. Il ne s'intéresse pas au football américain, ce qui est bizarre pour un Texan. La plupart des Texans que connaît Grolsch discourent toute la journée sur les Dallas Cowboys ou les Houston Texans, ou n'importe laquelle des nombreuses équipes universitaires qui ont des cornes de taureau sur leur logo et que Grolsch ne distingue pas l'une de l'autre. Mais quand il a demandé à Boggs ce qu'il pensait des chances des Dallas Cowboys dans les éliminatoires il a haussé les épaules en disant : « Je ne les suis pas vraiment. »

La semaine va être longue, se dit Grolsch. Dawes pouvait parler de n'importe quoi et ils passaient le temps en bavardant de tout et de rien en attendant qu'une cible se montre. Ce Boggs, lui, c'est boulot boulot. Peut-être un carriériste. Je devrais sans doute lui demander.

« Alors, demande Grolsch en ralentissant pour que Boggs le rattrape, qu'est-ce que tu as envie de faire quand tu seras grand ?

– Qu'est-ce que tu veux dire ? »

Grolsch voit qu'il est essoufflé. Les gars qui viennent d'Irak ne sont pas habitués aux montagnes. Marcher dans le désert renforce des muscles différents.

« Tu ne peux pas faire ça toute ta vie, dit Grolsch. Tuer des gens de loin est un jeu pour jeune homme. Ça te rendra fou au bout de deux ans.

– Tu es là depuis combien de temps?

– Deux ans. »

Boggs rit. « Tu es prêt à continuer ? »

Grolsch est surpris qu'il le lui demande. Il est impressionné par la façon dont Boggs a détourné une simple question sur ses objectifs en orientant la conversation sur lui. Ce type n'aime pas lâcher une information. « J'y réfléchis », admet Grolsch à sa grande surprise.

« Qu'est-ce que tu aimerais faire ? » Boggs a l'air sincèrement intéressé. Grolsch décide que c'est un carriériste, il ne participe que lorsque la conversation s'oriente vers le boulot. Grolsch sait que ça n'est pas mal de travailler avec ces types-là. Ils sont consciencieux, généralement plutôt intelligents, et si vous êtes aussi un homme de carrière ils vous sont utiles. Des réseaux se tissent, vous vous aidez les uns les autres. Mais Grolsch se fout de sa carrière, donc il n'y aura pas de réseau ici.

« Je ne sais pas », dit Grolsch. Ils ont atteint une corniche et commencent à la suivre. Le village cible est maintenant visible, et malgré la distance ils restent derrière la ligne des arbres.

« Je pense au Département d'État, dit Boggs.

— D'État ? Merde, il ne faut pas être allé à l'université pour ça ?

— Si, je prends des cours quand je suis chez moi.

— Ça alors. » Grolsch est impressionné. « Tu veux, genre, travailler pour le président ou je ne sais quoi ?

— Peut-être. Trouver du boulot dans une ambassade, grimper les échelons. Après avoir fait ça pendant deux ans. »

Grolsch hoche la tête. Un ambassadeur. C'est marrant cette connerie. Lui, au maximum, il s'imagine à la CIA à faire finalement la même chose que maintenant, seulement plus haut dans la hiérarchie. Il finirait comme Mike Witt, l'alcoolique desséché qu'il a rencontré à Dubaï, et revu à Bagram, qui informe le capitaine Sullivan sur des cibles potentielles. Quand ils se sont revus à Bagram juste avant qu'il parte pour cette excursion, Witt a mentionné qu'il avait croisé Boggs, son guetteur actuel, dans des bars autour de Fort Lewis. Grolsch est resté un instant perplexe, sachant, après avoir vu Witt avec le prostitué, quel genre de bars Witt aimait probablement. Witt est resté vague, comme s'il en avait trop dit, et lui a souhaité bonne chance pour la mission.

Mais ce Boggs patauge dans la boue avec un monoculaire et s'imagine dans le bureau ovale pendant les briefings avec le président. Il se demande d'où lui viennent cette confiance et cette ambition, et pourquoi lui ne les a pas. L'avenir que vous vous imaginez dans la boue devant des villages afghans est-il un puissant facteur pour votre avenir ? Grolsch imagine qu'un jour

Boggs sera ambassadeur et que lui finira probablement ivre dans une ruelle quelque part, agent alcoolo de la CIA, et il est jaloux. Pour se défouler il dit : « Deux ans, hein ? Tu as tout planifié ? »

Boggs remarque le changement de ton. « Autant que possible. »

Grolsch met fin à la conversation avec un sourire narquois et regarde les arbres et le petit village au loin. Il se dit que si c'était la Suisse, ce serait une image bucolique, peut-être même l'illustration d'une affiche de voyage. Mais ce n'est pas la Suisse, c'est l'Afghanistan, et le village est plein de terroristes qui n'ont pas l'eau courante, et l'un d'eux au moins va bientôt mourir. Grolsch détache le M-107 et le dépose doucement sur le sol. « On s'installe ici », dit-il.

Boggs se débarrasse de son paquetage et redevient silencieux.

Quand il n'y a pas de nuages on peut voir la Voie lactée la nuit et Boggs aime s'adosser à son paquetage et contempler le ciel. Il adore l'astronomie depuis l'enfance et a les connaissances de base. Il peut toujours repérer Mars quand il est visible à l'œil nu, et Andromède, et il connaît toutes les constellations, mais quand il est arrivé en sixième il a compris qu'il n'aurait pas le niveau en maths pour devenir astronaute. Aucune des universités qui dirigent leurs diplômés vers la NASA ne recherche quelqu'un de Bennett, Texas, où le programme du lycée met en doute la théorie de l'évolution et où quand vous maîtrisez les multiplications c'en est fini des maths.

Il se demande ce que fait Madison en ce moment. Il espère qu'elle aime la maison de la base et qu'elle s'installe agréablement avec le petit. Pendant une seconde le nom du gamin lui échappe... Davis, c'est ça. Grâce au ciel Maddie a accepté sa proposition, il avait déjà annoncé à tous ceux qu'il connaissait dans l'armée qu'il se mariait. Il ne sait pas ce qu'il aurait fait si elle avait dit non. Peut-être trouvé une fille à la station de bus de Seattle ? Puis il a découvert que Maddie avait un enfant, ce qui était encore mieux. Un homme marié avec un enfant. Comment être plus hétérosexuel que ça ? Il est passé de célibataire à père de famille du jour au lendemain.

Et maintenant il est en Afghanistan. Finalement sorti de ce cimetière de carrières qu'on appelle l'Irak. Quelques semaines à peine après avoir annoncé son mariage imminent il a obtenu une promotion et un transfert à la 159ᵉ. L'armée adore les pères de famille parce qu'ils sont piégés et elle le sait. Bonne chance pour retourner au monde réel où vous devez payer votre loyer, la nourriture et l'éducation et l'assurance santé. Si vous êtes marié avec des enfants vous ne pouvez pas bouger et l'armée n'en a que plus confiance en vous.

Et maintenant il a une habilitation confidentiel défense ce qui est un atout majeur pour sa carrière. Malgré son faux mariage, Boggs considère que c'est bien mérité. Quand on grandit homo à Bennett, Texas, on apprend à garder un secret.

Boggs regarde Grolsch dormir à côté de son M-107 comme si c'était son amoureuse. Il est marié ? Il n'en a pas parlé, mais il porte une alliance. Il a tout de l'abruti typique des Forces spéciales. Manger tuer baiser regarder le football. Mais il devient parfois vraiment silencieux, et Boggs se demande s'il n'a pas fait ce boulot un peu trop longtemps. Il devrait peut-être rentrer bientôt chez lui. Ensuite je pourrai grimper plus haut.

Grimper plus haut. Boggs se demande pourquoi personne autour de lui n'a jamais eu l'air de vouloir vivre mieux. Il sait que même s'il avait été hétéro il ne se serait pas intégré aux habitants de Bennett. Ils ne veulent rien. Ils ne rêvent de rien excepté boire, se balader en voiture dans la ville et engrosser des filles dont les enfants feront la même chose. Pour eux l'armée n'est pas une issue, ce n'est qu'une occasion de quitter Bennett pour quelques années, récolter peut-être quelques histoires de guerre en Irak à raconter aux filles. Ils reviennent toujours. Sauf ceux qui ne reviendront jamais nulle part. La pizzeria Pazzo a affiché les noms de tous les hommes de Bennett qui ne sont pas revenus, mais elle les a retirés un ou deux ans après. Les gens ne voulaient pas visiter un mémorial de la guerre chaque fois qu'ils avaient envie d'une calzone.

Pourquoi ? se demandait Boggs en voyant des types en uniforme aller dans les bars après leur démobilisation. Pourquoi êtes-vous revenus ? Comme si Bennett était un paradis avec ses rues poussiéreuses, ses parcs d'engraissement du bétail, et ses semi-remorques en route pour les abattoirs, qui vont et viennent dans Main Street en remplissant l'air de l'odeur musquée des porcs emprisonnés. Très peu pour moi, s'est dit Boggs. Quand le bus est venu le chercher pour l'emmener à Fort Sill, il a regardé Main Street, il est passé devant maman et papa et quelques personnes venues lui dire au revoir et lui souhaiter bonne chance, il a dûment agité la main, et quand ils n'ont plus pu voir le bus il a adressé un doigt d'honneur à toute la ville. Il a murmuré : « Adieu, et allez vous faire foutre. »

À côté de lui, Grolsch grogne et se redresse comme s'il se réveillait d'un mauvais rêve. Il a l'air étourdi quelques secondes puis se tourne vers Boggs. « Tu veux dormir quelques heures ? Je prends le quart.

— Super. » Boggs s'enveloppe dans sa couverture et s'installe aussi confortablement que possible contre un rocher. Quand il ouvre les yeux au moment où le soleil se lève, la première chose qu'il voit est Grolsch exactement dans la même position, qui regarde le village cible au-delà d'une petite vallée. Il ne pourrait pas dire si Grolsch a remué un seul muscle de toute la nuit.

6

Cy Fischer tient son magasin à quelques pâtés de maisons de chez Jim, et Jim va chez lui depuis plus de trente ans. Au début des années quatre-vingt-dix, une vieille commère qui vivait de l'autre côté de la rue a dit à Jim que Cy Fischer était un des soldats qui avaient participé au massacre de My Lai et qu'il avait témoigné. La vieille femme est morte depuis longtemps, et aujourd'hui encore c'est la seule chose que sache Jim au sujet de Cy Fischer. Au cours des années, en payant le lait et les œufs ou n'importe quel autre produit qu'il a oublié d'acheter au supermarché, Jim s'est souvent demandé si Cy était parfois tourmenté par ses souvenirs. Il n'en a pas l'air. Avec ses lunettes et ses cheveux blancs, Cy Fischer a toujours l'énergie joyeuse que lui a connue Jim la première semaine de son installation dans le quartier, et Jim se demande si l'histoire de la vieille commère est vraie. Comment, avec un tel passé, cet homme pourrait-il supporter d'être entouré de gens?

« Vous saviez que le type qui tient le magasin ouvert la nuit avait fait le Vietnam ? » dit Corina. Elle est passée après avoir déposé le petit à la garderie et lui a demandé si elle pouvait entrer bavarder un moment. Jim a cru que c'était urgent, mais en fait elle avait seulement envie de bavarder. Elle est venue trois fois au cours des deux dernières semaines, toujours pour de vagues raisons. Elle porte un parfum agréable, et après son départ son living sent quelque chose d'autre que le café et la sueur de vieil homme, et comme elle ne reste jamais trop longtemps, Jim décide que ses visites ne le dérangent pas. Il se dit que ce doit être typiquement mexicain de vouloir tout le temps déranger ses voisins.

« J'ai entendu dire qu'il était à My Lai, dit Jim.
– Qu'est-ce que c'est ? »

Jim est toujours frappé de voir que les repères de sa génération disparaissent si vite. Le 11 septembre a remplacé l'assassinat de Kennedy, l'Irak a remplacé le Vietnam. Hier il a pris un passager qui n'avait jamais entendu parler ni des Who ni des Grateful Dead. La pire des choses quand on devient vieux ce n'est pas de se rapprocher de la mort, c'est de voir sa vie effacée lentement. On cesse d'abord d'être insouciant, ensuite d'être important, et finalement on devient invisible.

« Il a tué beaucoup de monde, dit Jim.
– Oh, il m'en a parlé, dit gaîment Corina. C'était affreux.
– Il en parle ? À une parfaite étrangère ?
– Je ne suis pas une étrangère, dit Corina en faisant semblant d'être vexée. Je vais chez lui deux fois par semaine depuis presque un mois ! »

Jim, qui y va deux fois par semaine depuis trente ans sans jamais aller beaucoup plus loin que bonjour, n'a jamais eu l'idée de parler à Cy Fischer d'un sujet personnel. Est-ce que les gens font ça de nos jours ? Les relations humaines ont-elles changé depuis qu'il a cessé d'y participer ? « Que vous a-t-il dit ?
– Vous savez, comment il a été mobilisé, tout ça. On a appelé son numéro à la télé, et c'était son

anniversaire, alors il a dû partir. Il ne voulait pas, mais il a pensé que c'était son devoir d'y aller, et quand il est arrivé là-bas il s'est retrouvé à faire des choses terribles. » Elle le regarde triomphalement. « Il aime bien parler. Tout le monde n'est pas comme vous, dit-elle avec un sourire coquin.

– Je sais. C'est dommage. »

Quand elle rit, il est surpris. Elle regarde la reproduction d'un collage de Matisse sur le mur près de la porte, sa seule tentative de décoration. Il l'a achetée dans un vide-grenier quand il a emménagé il y a trente ans, il l'a accrochée et n'y a plus jamais pensé. Si quelqu'un le cambriolait et la volait il ne pourrait probablement pas la décrire à la police. Il observe Corina qui la regarde, et se demande quelles conclusions erronées elle tire de son choix artistique.

Elle se retourne et le regarde comme si elle étudiait une statue. « Vous avez beaucoup de secrets, n'est-ce pas ?

– Pas plus que la normale. » Il aurait déjà fichu quelqu'un d'autre dehors. « Et vous ? Je parie que vous avez des secrets. En fait, je ne sais rien de vous.

– Je suis ennuyeuse, dit Corina d'une voix ennuyée. Femme de militaire. Je vais d'un endroit à l'autre avec mon mari et Dylan.

– Comment l'avez-vous rencontré ? »

Elle le regarde en souriant. « Quel était votre métier ? En dehors de la serrurerie et la comptabilité ? »

Il sourit aussi. « J'étais conducteur de bus.

– Non, je ne crois pas. » Il la regarde aller à la porte et s'arrêter devant une pile de courrier sur une petite table. « Votre nom de famille est Smith ?

– Oui.

– Jim Smith. Sérieusement ? On dirait un nom que vous avez choisi pour que personne ne puisse vous trouver.

– Oui, mais c'est mon nom. »

Elle sourit et secoue la tête. « Quel est votre vrai nom ?

– Si je vous le disais vous ne me croiriez pas. » Elle rit de nouveau. « Vous voulez du café ?

– Non, merci. Je dois faire quelques courses, et promener le chien. » Corina ouvre la porte et reste sur le seuil. « Je suis seulement passée vous dire que je pourrai vous rembourser la semaine prochaine. L'armée nous paie tous les 28 du mois.

– Très bien. Merci de me le dire.

– Mon mari rentre dans quelques semaines, dit-elle d'une humeur plus sombre. Je ne pourrai peut-être pas venir aussi souvent. » Elle lui laisse entendre qu'elle sait qu'il aime bien qu'elle vienne et Jim ne le nie pas. Il remarque de la tristesse dans son expression.

« Est-ce que tout va bien... vous savez, avec... » Comment demandez-vous à quelqu'un si son mariage part en quenouille ? Quelles sont les règles de la conversation ? Elle est sa voisine depuis à peu près un mois, mais ils ont gagné en intimité à chaque rencontre, et ni l'un ni l'autre ne l'a encore admis. « Vous savez... la situation ? »

Corina prend plaisir à rire amicalement de sa maladresse, puis elle hausse les épaules. « Ça va. » Elle fait la grimace et l'examine un instant. « Je me demande si vous deux pourriez vous entendre.

– Probablement pas. »

Elle lui adresse un sourire triste et lui dit au revoir. Après son départ Jim met la cafetière en route, va à la fenêtre et la regarde se diriger vers sa voiture. Juste avant d'y monter elle lève les yeux vers la fenêtre et lui fait un petit signe comme si elle savait qu'il serait là.

Jim roule sur Baltimore Pike, dans le comté du Delaware, avant d'ouvrir l'application pour accepter les courses. Il n'a pas envie de conduire en ville aujourd'hui, un peu parce que la circulation s'intensifie à l'heure de pointe, mais aussi parce qu'il est assailli par une vague nostalgie. Il a envie de visiter des vieux quartiers où il n'est pas venu depuis des dizaines d'années. Il n'en avait jamais eu le désir et se demande pourquoi ça lui arrive maintenant.

Il sort de l'autoroute à droite, là où il y avait le vieux panneau VFW, l'association des vétérans, et il est surpris de constater qu'il est toujours là. Le Old Mill, le bar de l'autre côté de la rue, a une nouvelle enseigne et un patio couvert à la place du parking, mais Jim doute qu'il y ait encore quelqu'un dont il se souvienne. Si oui, il serait désolé pour celui qui aurait travaillé dans un endroit pareil pendant trente ans. Est-ce que ça sent toujours le vieux bois mariné dans la bière éventée ? Celui qui tient ce bar maintenant a-t-il fait un effort pour le nettoyer et le préparer pour la prochaine génération ? Il pense un instant se garer et aller voir, mais il préfère s'abstenir. On ne sait jamais. Même aujourd'hui il risquerait de tomber sur quelqu'un qu'il connaît.

Il y avait rencontré une fille, Danielle. Il se rappelle ses longs cheveux noirs, sa prétention douteuse d'être indienne cherokee, sa petite voix et son gloussement flirteur. Elle buvait trop et avait toujours des bleus sur les bras ; il pensait que quelqu'un devait l'empoigner violemment, mais il savait qu'il valait mieux ne pas poser de questions. Le copain de Danielle, Bud, était le barman, un petit costaud qui parlait trop, en faisait trop, et gagnait l'essentiel de son argent en prenant des paris sur les matchs de football et de basket. Un soir Bud a traité Danielle de traînée, d'ordure et de pute, alors Jim est allé la chercher et l'a emmenée hors du bar. Il s'attendait à une bagarre, mais Bud devait avoir entendu des rumeurs sur lui et sa queue de billard et avait préféré ne pas bouger. « Tu peux l'avoir, c'est une salope », leur a-t-il crié et il a ri quand ils sont partis.

Ils ont vécu ensemble pendant trois mois. Elle disait qu'il était le premier homme dans sa vie qui la traitait bien. Quand ils étaient au lit elle lui demandait : « Pourquoi tu es tellement gentil avec moi ? » Tout ce qu'elle disait était ponctué d'un gloussement heureux. Il l'a emmenée une semaine en Floride et elle a dormi pendant le trajet du retour ; il se rappelle comme elle avait l'air contente et respirait doucement sur le siège du passager.

Puis, quand il travaillait le soir, Danielle a commencé à retourner au bar. Au début elle a nié, mais quand Bud s'est pointé un soir devant chez lui en hurlant son nom elle l'a reconnu en disant que ç'avait été une énorme erreur. Bud est revenu le soir suivant, elle a pris son sac et elle est partie en disant à Jim « Désolée », avec une grimace comme si elle s'attendait à ce qu'il la frappe.

La dernière fois qu'il l'a vue elle montait dans la voiture de Bud. « Monte, connasse. » Ils sont partis.

L'application Uber annonce une course et tire Jim de sa rêverie en face du Old Mill bar. La cliente s'appelle Danielle. Une coïncidence, il le sait. La

Danielle à laquelle il pensait est morte d'un cancer du foie en 2004. Il l'a cherchée sur Internet il y a quelques années et a vu son avis de décès. Son mari, Bud Conover, lui a survécu.

Jim répond à l'appel. *Je suis en route.*

Allez, au travail.

7

Quatre jours. C'est le temps qu'ils ont déjà passé là, pense Grolsch. Quatre foutus jours. Il a froid, il a le nez qui coule, et les hadjis ne sortent jamais de chez eux. Sérieusement, qu'est-ce qu'ils foutent à l'intérieur à longueur de journée ? Ils restent assis sur un coussin et disent du matin au soir à Allah qu'il est grand ?

Être une machine à tuer de loin n'est pas donné à tout le monde. C'est ce qu'on vous dit le premier jour à l'école des snipers. Le plus important c'est la patience. N'importe qui peut atteindre des cibles à mille cinq cents mètres, spécialement avec les lunettes de visée et les ordinateurs balistiques et le bazar satellite qui existent maintenant. C'est devenu à peine une compétence. Mais il y en a très peu qui peuvent rester sans bouger pendant des heures ou des jours d'affilée à attendre le bon moment. Si vous êtes du genre nerveux, entrez dans l'armée de terre, défoncez des portes et foutez la merde. Mais si vous avez de la patience, bienvenue à l'école des snipers.

Grolsch est en train de perdre patience.

Il ne sait pas pourquoi. Ce job n'est pas différent d'une douzaine d'autres. Arriver, attendre la cible, tuer la cible, rentrer. Quatre étapes faciles. Mais il n'arrive pas à penser correctement. D'habitude, à l'étape deux, il attend la cible l'esprit clair, peut-être de temps en temps une idée en l'air qu'il partageait avec Dawes, mais Dawes est mort, maintenant. Parce qu'il l'a tué, il le fallait, c'était le genre de chose qu'il fallait faire, inutile d'y repenser, tu ne pouvais pas les laisser le capturer. Et s'il était encore vivant ? Et s'il l'avait seulement blessé et que les hadjis l'aient capturé, et MERDE.

Arrête. De. Penser.

Grolsch cligne des yeux et s'aperçoit qu'il transpire alors même qu'il fait assez froid pour qu'il voie la buée de son haleine. Et merde à ce gamin. Son nouveau guetteur, Boggs, émet des vibrations comme pour dire qu'il est mieux que tout le monde. Grolsch ne l'aime pas, il ne sait pas pourquoi.

Il a travaillé dix-huit mois avec Dawes. Quand vous avez un nouveau guetteur tout ne marche pas parfaitement. Ça prend un moment pour se faire à l'autre, et Grolsch ne veut se faire à personne d'autre, il veut seulement Dawes, et il sait que l'armée se fout de ce qu'il veut, elle veut seulement un terroriste mort qu'elle puisse rayer d'une liste et considère Dawes remplaçable. Remplacé par ce gamin, et Grolsch n'aime pas ça, il n'aime rien de tout ça, MERDE.

Il a besoin d'un verre.

Grolsch n'a jamais bu d'alcool en mission. Ne pas mélanger le travail et le plaisir. Une seule gorgée de bourbon et on n'atteint aucune cible, même avec le M-107 et un guetteur. Seul un imbécile essaierait. Et s'il avait une fiasque sur lui, ce gamin le dénoncerait probablement, comme à l'école. Mais un verre calmerait définitivement son esprit. Et si on se trompait sur la question ? Et si se péter la gueule le rendait meilleur tireur ? On a fait des tests ? On a fait des recherches pour savoir si les snipers ivres atteignent mieux leurs cibles ? Comment pouvez-vous rater votre coup quand votre esprit est aussi clair qu'après cette première gorgée de bourbon, chaude dans votre estomac ? Pas de pensée, rien qu'un clair sifflement dans votre esprit, le vide. Ç'a été comme ça sans alcool pendant ses premiers mois en Afghanistan.

Il est ici depuis trop longtemps. Il a besoin de rentrer quelque temps chez lui. Corina a déménagé dans un nouvel appartement à Philadelphie et il ne l'a pas encore vu. Il ne sait même pas comment s'imaginer son chez-lui, et c'est aussi bien parce qu'il sait que dès qu'il sera rentré Corina va lui crier d'arrêter de boire et de FAIRE QUELQUE CHOSE, N'IMPORTE QUOI, comme elle n'a pas cessé de le faire la dernière fois, et elle pleurera dans un coin en demandant ce qui est arrivé à son mari, et lui ne peut penser qu'à ce qui est arrivé à sa femme. Elle était drôle et jolie et c'est devenu une emmerdeuse qui a toujours besoin de plus d'argent pour un fils dont il pensait qu'elle avait promis de ne pas l'avoir. Elle avait spécifiquement promis d'avorter juste avant qu'il soit envoyé pour la première fois en Afghanistan. Grolsch se souvient de ses mots exacts. Et il se souvient aussi des mots exacts du mail qu'elle lui a envoyé pour lui dire que décidément elle ne pouvait pas le faire. Il a compris qu'elle organisait ça depuis le début, se marier et être enceinte, qu'elle avait probablement tout planifié au club de strip-tease où ils se sont connus, dès l'instant où elle s'est rendu compte qu'il était dans les Putains de Forces Spéciales MERDE. Arrête de penser.

Elle mérite qu'il ait pris tout l'argent pour le dépenser pour le capitaine Sullivan à Dubaï. Elle peut se débrouiller pour vivre sans pendant un mois. La plupart de ces hadjis le font toute leur vie. Il prendra peut-être encore tout le fric ce mois-ci. On vient tout juste d'ouvrir un magasin Harley Davidson à Bagram qui vous propose une Softail toute neuve pour 2000 dollars d'arrhes. ARRÊTE DE PENSER, PUTAIN! Regarde dans le viseur.

«Tu te sens bien, vieux?» dit Boggs qui lève le nez de son monoculaire.

«Ouais, pourquoi?

— Tu n'arrêtes pas de dire merde. Qu'est-ce que tu vois?

— Rien. J'ai seulement des brûlures d'estomac.»

Boggs reprend le monoculaire. «Ces rations MRE te détruiront.» Grolsch le regarde, et le ton de Boggs change. «Au viseur.»

Grolsch se couche et regarde dans la lunette de visée. «Qu'est-ce que tu vois?

— Vingt mètres devant la maison à deux fenêtres. Il marche vers nous, caftan gris.»

Enfin, pense Grolsch. Quatre foutus jours ici dans le froid et la pluie et ce type se montre enfin. Ensuite pouf, il n'y est plus. Il a disparu dans une autre maison.

«Tu crois que c'était lui? demande Boggs.

— C'était lui.

— Comment tu peux être sûr? Je ne l'ai pas vraiment bien vu.

— Il boite. Dans le dossier ça dit qu'il a été gravement blessé à une jambe l'année dernière.» Grolsch, le cœur battant à présent, commence à examiner l'espace entre les deux maisons.

«La moitié de ce pays boite, mon vieux. Ils sont en guerre depuis, disons, quarante ans.

– C'était lui.

– Bien. » Boggs n'est ni d'accord, ni pas d'accord. Ça agace Grolsch qu'il n'ait pas d'opinion. Dawes aurait eu une opinion, et il lui en aurait fait part. Dawes l'aurait même traité de dingue, mais au moins c'était une opinion. Maintenant Dawes est mort. Et s'il ne l'était pas ? Et si la balle lui avait seulement éraflé la tête et que les hadjis l'aient pris et qu'ils soient en train de le torturer ? Il aurait dû vérifier pour en être sûr... c'était le moins...

« Le voilà », dit Boggs.

L'homme au caftan gris traverse maintenant le village, seul. Il y a cinq maisons dans ce village. La plus proche d'eux est la sienne, où il est resté les quatre derniers jours, et une fois qu'il est rentré il est impossible de l'atteindre, les fenêtres sont occultées. Il vient d'entrer dans la deuxième maison, une minute seulement, et il se dirige maintenant vers une troisième maison légèrement plus haut sur la colline. C'est une bonne grimpée, environ quarante mètres, à peu près le seul endroit où il peut l'atteindre sans difficulté.

« Tu peux l'avoir sur la colline ? demande Boggs.

– Pas s'il ne se tient pas tranquille. »

Ils regardent Caftan Gris aller frapper à la porte de la maisonnette. C'est bizarre de regarder des terroristes mener leur vie normale, pense Grolsch. Il imagine que Caftan Gris s'arrête chez les voisins pour demander une tasse de sucre. Dawes aurait ri. Dawes est mort. Fais ta mise au point. Merde !

« Tu peux l'avoir à la porte ? » demande Boggs.

Caftan Gris est immobile, la cible parfaite, et son esprit vagabonde. Mise au point mise au point mise au point.

« Contact, Caftan Gris », dit Grolsch dans une expiration. Il commence tôt la respiration. Il se sent mal synchronisé. Mal synchronisé avec la mission, avec Boggs, avec l'Afghanistan, avec la vie.

« Sommes-nous seulement sûrs que c'est lui ?

– C'est lui, nom de Dieu. Contact.

– Caftan Gris, c'est la cible, dit Boggs d'une voix résignée. Cible en cours d'ajustement.

– Un point quatre trois. » Caftan Gris s'éloigne de la porte, deux pas à sa gauche, quand la porte s'ouvre. Un homme grand à longue barbe portant une chemise noire et une calotte rouge et tenant un AK-47 salue Caftan Gris et ils vont immédiatement à gauche de la maison.

« Merde merde merde, dit tout bas Grolsch. Ne bouge pas, salaud. » Ils continuent de marcher et Grolsch remarque un mur en parpaing haut d'environ deux mètres relié à rien. Ils marchent vers lui.

« Qu'est-ce que ce mur fout là ? » demande Grolsch. Les deux hommes vont derrière le mur. Il marmonne : « Nom de Dieu.

– On dirait qu'ils ont commencé à construire une maison ou quelque chose et qu'ils ont abandonné », dit Boggs.

Grolsch lâche la lunette de visée et regarde le village au loin. Il secoue la tête. « Non.

– Non quoi ?

– Ce mur n'est pas pour une maison. La colline est trop abrupte pour y bâtir une maison. Ils ont construit ce mur pour nous.

– De quoi tu parles ?

– Ils l'ont construit pour se protéger. Ils savaient qu'on venait. C'est pour ça qu'ils se cachent toute la journée. »

Tout en parlant il fixe le bord du mur et attend que les hommes réapparaissent. « Au-delà d'un certain nombre de morts chez eux ces types deviennent paranos. »

Boggs se tait. Pendant un moment ils contemplent un mur en parpaing d'environ deux mètres de haut sur trois de large à flanc de montagne. Dans la forêt derrière eux Grolsch entend des oiseaux gazouiller. Les hadjis ont dû venir ici et trouver exactement cet emplacement. C'est le seul endroit d'où on peut voir tout le village, et un choix évident pour un sniper. Des hadjis sont venus ici, là même où ils sont couchés, à regarder leur village au monoculaire, et ils ont décidé du meilleur endroit où dresser un mur. Cette idée le rend furieux.

« Comment est le vent ?

– Vent de gauche point un.

– Passe-moi une Raufoss. »

Il sent la surprise de Boggs quand il l'entend changer de position dans la poussière. « Une Raufoss ?

– Oui, passe-m'en une.

– Tu veux tirer à travers le mur ?

– Ouais. »

La Raufoss a la forme d'une balle normale, mais elle est bourrée d'explosifs, si bien qu'elle traverse une cible et explose de l'autre côté. L'effet sera le même que si Grolsch lançait une grenade par-dessus le mur. La beauté d'une Raufoss c'est que vous n'avez pas besoin d'atteindre la cible, il vous suffit de l'approcher. L'explosion fait tout le travail à votre place.

« Si nous tirons à travers le mur, dit Boggs, je ne peux pas confirmer.

– Bien sûr que si. » Grolsch tend la main en attendant la balle, que visiblement Boggs ne sort pas. « Tu verras une brume rose.

— Tu pourrais atteindre n'importe quoi. Ou l'autre type. Il pourrait y avoir des chèvres derrière ce mur. On n'en sait rien. » Boggs paraît de plus en plus agité, ce que Grolsch trouve amusant.

« Des chèvres, dit Grolsch en riant. On l'a vu aller derrière le mur et pas revenir. Il est derrière. Et il va avoir une putain de grosse surprise. » Puis il perd toute expression. « Donne-moi cette Raufoss, nom de Dieu. »

Boggs secoue la tête et grogne, puis il farfouille derrière lui et attrape le paquetage de Grolsch. Il en sort doucement les deux balles à pointe vert et argent, rampe dans la poussière et les tend à Grolsch, rouge de colère. Grolsch ricane en les prenant et les introduit dans le M-107.

« Très bien, dit-il. On y va.

— Je ne peux pas confirmer que c'est lui derrière le mur. Je dirai que c'est probable, ou vraisemblable, ou je ne sais quoi, mais je ne peux pas le confirmer.

— Si, tu peux. Contact. Caftan Gris.

— Pas de contact. Je ne le vois pas.

— Tu peux le confirmer, dit Grolsch gaîment.

— Non, je ne peux pas.

— Si, tu peux. Tu sais pourquoi ? »

Boggs ne répond pas.

« Parce que sinon je vais raconter à tout le monde que tu es une pédale. »

Grolsch regarde le mur en parpaing à travers sa lunette et Boggs se tait. Alors c'est vrai, se dit Grolsch. Sinon il rirait comme s'il avait fait une blague. Mais s'il est homo il est surpris et ne sait pas quoi répondre, et il réfléchit à une façon de gérer ce nouveau problème. Boggs est silencieux. Pas de doute, c'est une pédale.

« De quoi tu parles, bon sang ? » dit Boggs. Mais sa voix est plus aiguë, maintenant, prudente, pas en colère comme précédemment. Grolsch rit sous cape. Il le tient. C'est trop tard, Boggs peut nier tant qu'il voudra, mais ça, au moins, c'est confirmé. « J'ai une femme et un enfant. »

Se défendre au lieu d'en rire, c'est exactement ce que ferait une pédale, pense Grolsch. Il regarde à travers la lunette. « Contact. Caftan Gris. »

Boggs se tait.

« Je peux le faire à l'œil nu », dit Grolsch, et il tire.
BANG.

Un trou apparaît dans le mur à environ un mètre de hauteur et de la fumée et des débris s'envolent au-dessus du mur.

BANG.

Quand il tire la seconde balle un autre trou apparaît un peu plus haut à gauche, et une nouvelle fumée, cette fois vaguement rougeâtre, apparaît au-dessus du mur.

« Tu vois ça ? C'est une brume rose. Il n'y a pas moyen d'y survivre. » Grolsch saute sur ses pieds, replie le bipied contre le canon du M-107 et regarde Boggs qui n'en revient pas. « Appelle l'hélico, barrons-nous d'ici. »

Dans le Blackhawk, avec le vacarme des rotors dans les oreilles, Boggs regarde en bas tandis qu'ils survolent une forêt et des gorges. Les montées et descentes brusques de l'hélicoptère lui donnent des suées et il a sa main dans le filet de sécurité au cas où il serait projeté vers la porte.

Boggs a horreur des hélicoptères. Un de ses sergents à l'école des snipers lui a dit que les moments les plus dangereux dans toute mission ce sont les arrivées et les départs en hélicoptère. Si la violence du vent ne vous liquide pas, les montagnes escarpées et accidentées de l'Afghanistan le feront, ou un hadji sur le sol avec un lance-roquettes ou peut-être un mécanicien négligent qui a oublié de serrer un écrou quelque part. Si une hélice d'avion est défaillante, vous pouvez planer un moment en cherchant un endroit où atterrir. Mais si un rotor d'hélicoptère lâche, autant être assis sur un sac de patates dans les nuages. Il se dit qu'il n'y a strictement rien d'aérodynamique dans un hélicoptère et chaque fois qu'il se trouve dans l'un d'eux il doit consacrer toutes ses forces à dissimuler sa peur. Pas Grolsch, remarque Boggs. Grolsch est assis une jambe étendue sur le sol de l'hélico et l'autre pendante à l'extérieur, le M-107 sur les cuisses comme un animal de compagnie, et il regarde le paysage afghan s'éloigner. Il a l'air complètement détendu, serein même, la tête penchée en arrière pour apprécier la sensation du vent sur son visage. Beaucoup plus détendu qu'à aucun moment depuis le début de la mission. Boggs se dit que tirer des explosifs au hasard sur un village afghan semble avoir sur lui un effet calmant.

Mais il n'a pas été calme du tout quand ils se sont précipités vers l'hélicoptère. Grolsch ne cessait de regarder au-dessus d'eux en parlant de drones avec une angoisse qui paraissait presque ridiculement paranoïaque. Quand il levait les yeux Boggs ne voyait que la cime des arbres et le ciel bleu, et il a conclu que la nervosité de Grolsch était la conséquence d'une mission qui avait mal tourné.

Alors qu'est-ce qui vient de se passer, bon sang? Est-ce que Grolsch l'a traité sérieusement de pédale?

Personne ne l'avait encore jamais fait. Il a passé sa vie à s'assurer de ne jamais se trouver dans cette situation, et quand finalement c'est arrivé il n'avait rien prévu. Il avait imaginé que si quelqu'un lui faisait un jour une remarque de ce genre ce serait après une discussion et qu'il serait préparé, avec une réplique humoristique toute prête qui désamorcerait la situation en quelques secondes. Il n'imaginait pas que ça lui serait lancé comme un commentaire quelconque à propos du temps alors qu'il était sur le point d'assurer un tir sur une cible vivante. Son déni a été faible, inefficace, il le sait, tellement mauvais que c'en était presque un aveu. Il est devenu négligent, paresseux. Il était convaincu de pouvoir tromper tout le monde.

Que sait exactement Grolsch ? Et plus important, comment le sait-il ? Il sait que Madison n'a rien dit, et d'ailleurs ça prendrait des mois pour que des ragots de la base parviennent jusqu'ici. Il y a bien eu ce type à Guam mais c'était un professeur marié, encore plus paranoïaque que lui. Sûrement pas un bavard. Conclusion : Grolsch a supposé.

Mais pourquoi ? Depuis qu'il est entré dans l'armée, personne ne l'a même soupçonné d'être homosexuel. La question ne s'est jamais posée. Il se comporte parfaitement, ni trop macho, ni trop sensible, pour ne pas attirer l'attention. Si les types avec lesquels il traînait au lycée se mettaient à parler de tantouzes et de tapettes, même pour rire, il essayait de rester en dehors, mais il s'en mêlait calmement si quelqu'un commençait à remarquer sa réticence. D'une manière générale il était plutôt silencieux, son attitude n'attirait pas les regards. Même ses parents ne savaient rien. Et pourtant ce connard de Grolsch qui fait des trous dans les murs parce qu'il ne peut pas attendre quelques minutes pour tirer correctement sur une cible l'a compris en quelques semaines ?

Il regarde Grolsch assis à la porte, une jambe à l'extérieur, la tête renversée en arrière. Puis autour de lui. L'équipier est en train de trier du matériel médical, il est presque invisible. Boggs n'en voit que les jambes. De l'autre côté, pilote et copilote sont assis dans leurs sièges et Boggs voit le haut de leurs casques. Puis il regarde de nouveau Grolsch. Il suffirait d'une poussée. Il pourrait dire qu'il essayait de l'empêcher de sauter.

C'est maintenant ou jamais.

Boggs s'accroche au filet de sécurité derrière lui pour se mettre debout et dès qu'il commence à se relever Grolsch se tourne vers lui.

Il comprend immédiatement, Boggs le sent. Grolsch ne bouge pas, il reste assis là, jambe pendante dans le vide, M-107 sur les cuisses, et il le regarde. Boggs se rassoit lentement sur le sol et change de position comme s'il ne s'était levé que pour ça. L'expression de Grolsch ne change pas et il tourne de nouveau lentement la tête vers la campagne afghane. Mais Boggs remarque qu'en même temps sa main se déplace sur le sol et saisit le harnais de sécurité et enroule le cordon plusieurs fois autour du poignet. Puis il pousse un long soupir, se retourne vers Boggs et lui adresse un sourire désabusé.

8

Madison relève les stores et regarde la maison d'en face, où un camion de déménagement est garé. Sa voisine Emily s'en va. Madison ne l'a vue qu'une fois, pendant sa première semaine sur la base, et elle l'a instantanément trouvée sympathique. Emily a un garçon et une fille à peu près de l'âge de Davis et elles ont échangé leurs numéros de téléphone en décidant de s'appeler pour qu'ils jouent ensemble. Puis elle a disparu, n'a jamais répondu aux appels de Madison et n'a plus été revue sur la base. Madison commence à comprendre que telle est la vie militaire. Ne pas trop vous attacher, parce que vous êtes ici un jour et ailleurs le lendemain. Une sorte de vie ordinaire mais en plus rapide.

En dégustant lentement son café elle regarde un moment les déménageurs et admire leurs muscles nerveux quand ils vident sans effort un chariot chargé de cartons. C'est injuste, pense-t-elle. Pour la première fois de sa vie elle est entourée de beaux mecs avec un job et elle ne peut même pas flirter avec eux, encore moins faire autre chose. Je suis une femme mariée maintenant. Ce que lui a dit Kyle au bar résonne dans ses oreilles. Être marié à une pute c'est pire pour ta carrière que d'être célibataire. Elle est décidée à ne pas le laisser tomber. Kyle Boggs se révèle le mari de ses rêves après tout; élever un enfant toute seule pendant quatre ans a un peu changé ses rêves.

Femme mariée. Mari. Mme Boggs. Il y a maintenant tous ces mots pour la définir. Elle n'est plus une jeune serveuse ni une mère célibataire. D'autres personnes la traitent comme si elle était une adulte intelligente qui gère un ménage et s'occupe d'un enfant. Ce qu'elle est, bien entendu. Ce qu'elle était avant, aussi. Sauf que maintenant, à cause de ces trois lettres devant son nom, elle remarque que plus personne ne la regarde de haut, personne ne s'apitoie sur elle, et quand des hommes l'appellent «Ma'am» c'est par respect véritable et pas pour l'impressionner avec de bonnes manières texanes avant de lui payer quelques bières et d'essayer de la sauter dans un fourgon à chevaux.

Quand un des déménageurs enlève sa chemise et révèle des biceps qui ondulent et des tablettes de chocolat Madison baisse les stores. Il faut savoir faire des sacrifices.

Elle va voir Davis, qui joue tranquillement tout seul dans sa chambre, et revient dans la cuisine se resservir du café. On frappe à la porte. Elle espère que c'est un des déménageurs, peut-être pour lui demander un verre d'eau, et elle essaie de cacher sa déception quand elle voit que ce sont deux dames d'un groupe religieux dont elle a refusé de faire partie à son arrivée sur la base.

«Bonjour, Madison», dit la plus grande tandis que Madison s'efforce de se rappeler son prénom. C'est celui d'une amie de sa mère, elle se souvient de ça. Janine? Kathy? Sa mère avait beaucoup d'amies. La femme a une crinière de cheveux de jais et porte un parfum qui instantanément lui fait penser à la richesse, subtile mais qui se remarque. Janine, c'est sûr.

Bien qu'elles soient venues sans prévenir, Madison sent qu'avec son jean et son T-shirt de supermarché elle fait mauvais effet. Elle tient la porte ouverte avec plus d'affabilité qu'elle n'en éprouve vraiment et leur demande si elles veulent entrer.

Elles entrent et regardent autour d'elles en essayant de le dissimuler. Madison connaît ce regard. Elles scrutent chaque meuble et chaque cadre sur le mur comme des détectives à la recherche d'indices. La plus petite, une blonde extrêmement jolie, en robe bain de soleil jaune, qui porte ses lunettes noires de grand couturier sur le sommet de la tête, pose les yeux sur une paire de sandales que Davis a envoyé promener à travers la pièce et adresse à Madison un sourire agréable. Madison ramasse les sandales et les range avec les autres chaussures à côté de la porte.

Elle est contente d'avoir mis plusieurs photos de Kyle sur la bibliothèque.

Les deux femmes ont l'air triste et Janine indique l'autre côté de la rue. « Nous voulions vous demander si vous aimeriez signer la carte d'Emily.

— Sa carte ? C'est son anniversaire ?

— Oh, non, vous n'êtes pas au courant ? dit la blonde. Son mari est mort en Afghanistan.

— Oh, c'est terrible. » Madison met la main sur sa bouche. « Je n'en savais rien. Je me demandais pourquoi je ne la voyais plus. » Elle sent ses yeux se gonfler de larmes.

Les deux femmes paraissent déconcertées par cet étalage d'émotion. Elles sont femmes de militaires depuis des années, et les soldats qui ne reviennent pas font partie des choses de la vie qu'elles ont appris à accepter sans drame. La blonde pose la main sur l'épaule de Madison. «Oh, mon chou, je suis désolée, je pensais que vous saviez.

— Qu'est-ce…» Madison a le souffle coupé, elle essaie de retenir ses larmes, «qu'est-ce qu'elle va faire? C'est pour ça qu'elle déménage? Où est-ce qu'elle va vivre?» Sa voix devient aiguë et elle se rend compte qu'elle s'interroge sur Emily mais aussi sur elle-même. Jusqu'ici il ne lui est jamais vraiment venu à l'idée que Kyle pouvait mourir, et elle n'a jamais pensé à ce qui se passerait si ça arrivait. La nouvelle vie dont elle profite, avec des médecins attentifs pour s'occuper de Davis et des personnes qui lui parlent comme à une adulte, peut lui être enlevée aussi vite qu'elle est venue. «On met la femme dehors si son mari meurt?

— Oh non, dit Janine en la regardant avec un sourire compatissant. On vous accorde quatre-vingt-dix jours. Et un chèque de cent mille dollars nets d'impôts s'il est tué en action.»

«Tu te rappelles Kelly Jensen?» demande la blonde à son amie. Elle se tourne vers Madison. «Les cent mille dollars c'est seulement s'il est tué en action. Le mari de Kelly Jensen est mort en tombant avec sa moto dans la montagne en Afghanistan où il faisait l'imbécile. Alors elle n'a eu que dix mille.

— Seigneur, Karen, gronde Janine tout bas. Ne lui dis pas ça.» Mais il est trop tard. Madison se met à sangloter. La blonde, dont Madison sait désormais qu'elle s'appelle Karen, la conduit vers le canapé et la fait asseoir. Janine va lui chercher un verre d'eau. Madison est soulagée d'avoir nettoyé la cuisine, qui est impeccable. Elle prend le verre d'eau et la remercie.

«Je n'ai pas voulu y penser», dit Madison. Elle a seulement imaginé que son faux mari était en voyage pour son travail, comme dans n'importe quel métier. Elle n'a jamais pensé qu'un jour un colonel pouvait lui remettre un drapeau américain plié et qu'elle recevrait cent mille dollars dont elle considérerait qu'ils revenaient de droit aux parents de Kyle. Et qu'elle aurait quatre-vingt-dix jours pour rentrer chez sa mère à Bennett.

«Écoutez, dit gaiement Karen, ça n'est pas si grave. Le mari d'Emily faisait un travail vraiment dangereux.» Elle sourit et indique Janine. «Janine, elle, son mari est avocat de la base à Kaboul. Il n'en sort jamais et ne s'occupe que de paperasserie. Le mien est agent de liaison à Dubaï. Pour autant que je sache il ne fait que se soûler avec des fournisseurs de l'armée. La plupart des jobs sont sans danger maintenant. Les pertes ne sont pas ce qu'elles étaient il y a encore cinq ans.» Elle serre la main de Madison. «Que fait votre mari?

— Je ne sais pas. C'est top secret.»

Elles se regardent, soucieuses. «Dans quelle unité?

— La 159e.» Les deux femmes se regardent de nouveau et cette fois Madison le remarque. «Pourquoi? Qu'est-ce que ça veut dire?

— Pas de problème, mon chou, dit Janine. Il ne risque rien.

— Dans quelle unité était le mari d'Emily?»

La blonde retient sa respiration et aucune des deux femmes ne dit un mot; elles regardent par terre.

«La 159e bénéficie de la meilleure assurance à l'hôpital, la Premium Gold», dit finalement Janine avec un sourire optimiste.

Madison se remet à sangloter.

Janine et Karen restent avec Madison jusqu'à ce qu'elle se soit calmée. Au début elle est gênée de s'être laissé aller devant de parfaites étrangères, mais elles l'assurent qu'elles ont déjà assisté à ça des douzaines de fois. La vie sur la base n'est pas facile, dit Karen. C'est agréable de ne rien payer pour être logée et bénéficier des soins médicaux, mais c'est comme vivre sur la lune.

Madison comprend tout de suite ce qu'elle veut dire. Chaque fois qu'elle franchit les portes de la base avec sa Toyota 1998 et retourne à la civilisation c'est comme revenir sur Terre. Sur la base, le centre commercial, les pizzerias et les lieux de distractions donnent tous une sensation d'ersatz, comme s'ils n'avaient été ajoutés qu'à la suite des plaintes des résidents. Rien n'est naturel. Tout est organisé. La communauté n'a qu'une raison d'être, que les soldats soient nourris, entraînés, équipés et disponibles jusqu'au moment où ils doivent être envoyés quelque part faire quelque chose. Tout le reste, comme les trois femmes et Davis qui joue tranquillement dans l'autre pièce, est secondaire.

Tandis qu'elles bavardent et lui expliquent la vie sur la base, Madison commence à se rendre compte de quelque chose. Il y a mieux à faire pour une femme de militaire que vivre sur la base en attendant le retour de son homme. Elle regarde comment elles sont habillées. Elles sont impeccables, pas moins en uniforme que leur mari. Robes bain de soleil, chaussures assorties, maquillage parfait, parfum, quelques bijoux mais rien d'ostentatoire. Madison a circulé tout le mois en jean et T-shirt, coiffée avec une queue de cheval comme si elle était encore à Bennett.

C'est tout bonnement inacceptable pour la femme d'un soldat des Forces spéciales qui veut devenir ambassadeur. C'est une révélation. Elle regarde les deux femmes et pense à sa propre garde-robe. Principalement jeans et T-shirts, deux petites robes de cocktail pour les rendez-vous galants (dont elle n'a plus besoin parce qu'elle est mariée maintenant), un jean serré et des bottes de cow-boy pour les pique-niques, une robe pour aller à l'église et une robe sombre pour les affaires de contraventions au tribunal et les enterrements. C'est tout. Ces femmes doivent penser que je suis une vraie péquenaude. Elle se dit que pire encore, elle pourrait embarrasser Kyle.

Karen, la blonde, est en train d'expliquer que l'allocation décès est nette d'impôt quand Madison l'interrompt.

« Excusez-moi. » Elle se penche en avant, les yeux secs maintenant mais encore un peu gonflés. « Pouvez-vous me dire où il y a de bons magasins de mode par ici ? J'ai vraiment besoin de nouveaux vêtements. »

Les deux femmes se regardent avec un sourire triomphant. Madison s'aperçoit qu'elles étaient arrivées d'elles-mêmes à cette conclusion. Mon Dieu, j'ai été vraiment plouc.

« Bien sûr, mon petit, dit Karen. Pourquoi ne pas venir avec nous à l'église dimanche ? Ensuite nous irons ensemble faire du shopping et déjeuner à Seattle. »

Madison n'a décliné leur proposition au début que parce qu'elle imaginait l'endroit comme l'église de Bennett où le pasteur MacDermott, un quinquagénaire rougeaud et ivrogne, menaçait tous les fidèles d'aller brûler éternellement en enfer s'ils avaient des relations sexuelles hors mariage. Tous les sermons dont elle se souvienne parlaient de sexe. En plus, Madison était censée lui donner dix dollars sur ce qu'elle gagnait au restaurant de routiers pour pouvoir retourner la semaine suivante entendre encore une fois qu'elle irait dans l'enfer des putes à cause de Davis. Un jour elle s'est rendu compte qu'à en juger d'après le nombre de mères célibataires en ville personne ne tenait compte du pasteur MacDermott, alors pourquoi continuer d'aller à l'église ? Et avec les dix dollars elle avait acheté des fleurs pour sa mère.

« Ici l'église est bien, dit Janine comme si elle lisait dans ses pensées. D'habitude les services durent à peu près quarante minutes, ensuite nous bavardons un moment dehors. Le nouvel aumônier, le lieutenant Shaw, est adorable.

– Tellement mignon, ajoute Karen.

– Et après nous allons passer l'après-midi à Seattle. » Elle adresse à Madison un sourire réconfortant. « Nous sommes six dans notre groupe et chaque dimanche deux d'entre nous à tour de rôle restent pour s'occuper des enfants et les quatre autres vont en ville.

– Vous prendriez la place d'Emily », dit Karen.

Le silence s'installe. Madison comprend qu'Emily n'a pas seulement perdu son mari mais aussi sa vie sociale. Faute de mari vivant elle ne fait plus partie du groupe.

Janine glisse la main dans son sac et en sort une carte de condoléances. « À propos, nous étions venues pour savoir si vous vouliez signer ceci. » Elle tend la carte à Madison qui admire les sottes banalités en relief sur la perte et le chagrin puis elle l'ouvre pour lire tous les sentiments chaleureux des autres épouses de la base.

Quand Madison a fini d'écrire, Janine lui tend l'enveloppe et Madison y glisse la carte. Elle voit l'adresse.

Emily Dawes et famille. Conyers, Georgie.

Madison rend la carte. « L'église est une très bonne idée. Je vous verrai dimanche. »

9

Jim rentre après avoir travaillé dix heures, les yeux larmoyants, et tire un fauteuil près de la fenêtre. Il a appris que le bruit, la chaleur et les vibrations de la conduite pouvaient disparaître s'il restait simplement tranquille à regarder la rue. Au bout d'une heure environ, il ferme les yeux et s'il ne voit pas de panneaux de signalisation ou des autoroutes imprimés sur ses paupières il se lève, rafraîchi, et se prépare à dîner. Regarder la télé le détendrait aussi, sauf que ça ne le laisserait pas rafraîchi mais seulement engourdi.

Ses lunettes de soleil se sont cassées au début de sa journée et il va dans la pièce où est l'ordinateur pour en commander une nouvelle paire. Une voix d'homme vient de l'appartement de Corina. Le mari est là.

Il ferme son ordinateur avec l'intention de le débrancher pour l'utiliser dans le living, mais il entend la voix de l'homme aussi fort et aussi clairement que s'il était près de lui, et il s'aperçoit que le moindre bruit le trahirait.

« Pourquoi Philadelphie ? » demande l'homme. Il semble en colère. « Je n'ai pas envie d'habiter ici. » Jim pense qu'il est assis sur le canapé contre le mur.

« J'ai besoin de ma mère pour m'aider avec Dylan, répond Corina. L'année dernière tu étais d'accord.

Tu veux que je te montre les mails où nous en avons discuté ?

– J'ai dit que je voulais déménager à Philadelphie ?

– Tu as dit que ça t'était égal.

– J'ai dit que je préférais le Michigan. Mes parents aussi peuvent t'aider avec le petit.

– Il s'appelle Dylan », dit Corina avec une patience exagérée. Jim l'entend s'activer bruyamment dans la cuisine, elle doit préparer le dîner. Il entend la voix du petit garçon, haute et forte, mais il ne distingue pas les mots. Corina lui parle doucement et il dit : « D'accord, maman » et Jim entend ses petits pas s'éloigner.

« Cet appartement est une vieille merde », dit l'homme en se levant du canapé et il se dirige vers la cuisine d'où il est plus difficile de distinguer les mots. Mais le ton est celui de la récrimination bruyante. Jim entend le frigo s'ouvrir, puis le bruit inimitable d'une capsule de bière qui saute. Retour sur le canapé. « Tu aurais dû simplement acheter une maison, dans le Michigan. Il y a un type sur la base qui s'occupe des finances, il aurait tout organisé.

– Le vol a été long. Pourquoi ne pas parler de tout ça demain ? Je vais préparer à dîner et nous pourrons tous nous coucher tôt.

– Je n'ai pas besoin de me coucher tôt, j'ai besoin de savoir pourquoi tu t'es installée au milieu de nulle part, nom de Dieu. » Une pause, puis Jim entend les fenêtres s'ouvrir difficilement. « Regarde, on peut même pas ouvrir cette putain de fenêtre. On s'en est pas occupé depuis au moins dix ans, bordel. Le bois est tout gonflé, la peinture fout le camp. Qu'est-ce que tu as fait, tu as signé le premier contrat de location que tu as vu ? »

Puis la voix de Corina, qui n'est plus apaisante mais essaie de contenir sa colère : « Ce n'est pas le milieu de nulle part, c'est une des plus grandes villes du pays. »

L'homme fait un bruit qui ressemble à un rot.

« Et s'il te plaît pourrais-tu cesser de jurer devant Dylan ? » poursuit Corina. Quelques instants de silence. « Et ouvre la fenêtre si tu veux fumer. » Des pas fermes à travers l'appartement puis une fenêtre coulissante qui s'ouvre. « Voilà, ça n'était pas si difficile. »

L'homme rit doucement comme si c'était une plaisanterie qu'il était le seul à comprendre.

Le calme est revenu. Jim débranche soigneusement l'ordinateur et quitte la pièce en veillant à ne pas faire de bruit en refermant la porte. Il s'assoit sur son canapé dans son living et allume la télé.

Quelques jours plus tard, Jim décide de prendre un jour de congé et lit le journal sur son canapé quand il les entend sortir. L'homme doit être directement devant la porte de Jim lorsqu'il demande haut et fort : « Qui d'autre vit dans cet endroit merdique ? À quoi ressemblent les voisins ?

— Je ne sais pas, répond Corina à voix basse. Je n'ai pas vraiment parlé à aucun d'eux. » Jim l'entend descendre en sautillant avec le gamin, ils jouent sur les marches. Le petit pousse un cri de joie et Corina dit : « Deux marches à la fois ! Tu as de longues jambes ! Je vais t'appeler la sauterelle ! » Le petit rit et elle ajoute : « Mais fais attention dans l'escalier. Tiens toujours la rampe, d'accord ?

— D'accord.

— Les marches sont pas dangereuses », dit l'homme. Le petit ne répond pas. Les voix s'éteignent.

Jim se lève et va à la fenêtre pour les voir sortir. Il entend l'homme depuis plusieurs jours maintenant, mais il ne l'a pas encore vu. Il imagine une brute musclée, cheveux en brosse et mâchoire carrée, le militaire typique : il n'en est pas moins surpris de l'exactitude de son imagination. En les regardant traverser la rue vers leur voiture, il voit un soldat qui essaie d'être à l'aise en civil. Il a un physique athlétique et marche prudemment, comme un chat prêt à bondir. Il ne regarde pas sa femme et son enfant mais des choses lointaines. Et il reste derrière Corina et Dylan comme s'il ne faisait pas partie de la famille, rien qu'un type qui a décidé de les suivre.

Corina ouvre la portière côté conducteur et installe l'enfant pendant que l'homme va s'asseoir côté passager et attend. Quand Corina a repoussé son siège, et avant de monter, elle lève la tête vers la fenêtre de Jim et lui fait un petit signe.

Il sourit, mais elle ne le voit pas. Il reste à la fenêtre et les regarde s'éloigner.

Camp Chapman, Khost, Afghanistan

Étendu sur sa couchette, Boggs écoute *Les plus grands succès* de Maria Callas qu'il a téléchargé dès qu'il est revenu dans sa chambre après avoir regardé Grolsch monter dans le Blackhawk direction Bagram. Enfin. Il a la chambre pour lui tout seul, même si ce n'est que pour plus ou moins une semaine, jusqu'à ce qu'on lui attribue un nouveau tireur.

Les compagnons de chambre ne le laisseraient jamais écouter de l'opéra sans lui demander d'abord ce que c'est, et il ne veut pas que ses goûts personnels attirent l'attention. Quand il doit partager une chambre il écoute de la country, à laquelle il est habitué et qui ne le dérange pas, et c'est ce à quoi tout le monde s'attend d'un type qui vient d'une petite ville du Texas. Mais dès qu'il est seul il ressort un opéra. Si vous écoutez une chanson country qui parle d'avoir des enfants avec une douzaine de femmes différentes ou du rap qui parle de tuer pour une insulte, pas de problème. Mais être pris en train d'écouter une femme chanter l'amour en français ou en italien fait de vous immédiatement un suspect. Heureusement il n'aime pas les comédies musicales. Il monte le son sur « *L'amour est un oiseau rebelle* » et laisse aller sa tête hors de la couchette, les yeux fermés.

Il entend un bruit sourd et s'aperçoit qu'on frappe à sa porte. Il jure, enlève les écouteurs et ouvre. C'est le jeune lieutenant fraîchement sorti de la formation des officiers de réserve qu'il a vu dans le bureau du capitaine Sullivan. Il ne peut pas croire qu'il ait l'air aussi jeune et qu'il ait les joues aussi roses. Son uniforme flotte comme s'il était fait pour quelqu'un de deux tailles de plus que lui.

« Sergent Boggs ?

— Oui lieutenant, dit Boggs sans prendre la peine de se lever.

— Le capitaine Sullivan veut vous voir.

— Oui lieutenant. »

Le gamin salue et s'éloigne sur la passerelle en contreplaqué qui mène au bureau. Elle va probablement m'attribuer un nouveau partenaire, pense Boggs. Il regarde le côté de Grolsch dans la chambre, complètement vide, et soupire. Il est temps qu'il pose sa candidature à l'École des candidats officiers de Fort Benning. Tous les officiers, même ce bébé aux joues roses, ont leur propre chambre.

Il met son béret, l'ajuste devant la glace et sort. Le vent sec le fouette et il se couvre les yeux pour se protéger du sable. Ça n'est pas tellement différent du Texas. Les tornades en moins. Rien que des bombardiers suicides et des attaques occasionnelles au mortier. Il monte la rampe de contreplaqué qui mène au semi-remorque servant de Centre des opérations. Le bébé lieutenant est de retour à sa table et Boggs lui fait un signe de tête.

« Je viens voir le capitaine, lieutenant. »

Boggs trouve que le gamin le regarde bizarrement. Il envisage une seconde que quelque chose pourrait clocher, mais décide qu'il cherche trop à interpréter son expression. Le gamin se lève, va dans le bureau du capitaine et ferme la porte. C'est curieux. Rencontrer un nouveau partenaire est d'habitude une affaire joviale où tout le monde se montre amical. C'est ainsi que ça s'est passé quand il a rencontré Grolsch il y a quelques semaines. La porte s'ouvre, le gamin sort et fait signe à Boggs.

« Entrez. »

Boggs entre dans le bureau du capitaine Sullivan. Il n'y a pas de nouveau partenaire, rien que le capitaine Sullivan qui s'assoit, un dossier devant elle et des papiers partout sur sa table. Elle est petite, costaude, et Boggs trouve qu'elle a l'air dur, mais elle a de jolis yeux qui peuvent être intenses si les choses ne se passent pas bien. Aujourd'hui ils sont intenses.

« Fermez la porte, Boggs », dit-elle en s'adossant à son fauteuil pivotant. Elle indique une chaise à Boggs qui s'assoit. Le capitaine Sullivan sort un papier du dossier et l'examine un instant.

« Donc, dit-elle. Abdoul al-Mahdi. »

Boggs reconnaît le nom de leur dernière cible et il acquiesce.

Sullivan lève le morceau de papier qu'elle vient de lire. « C'est le débriefing de votre mission. Écrit et signé de votre main.

– Oui, capitaine. » Boggs sent sa poitrine se serrer.

« Vous déclarez qu'il y a eu confirmation d'un tir réussi à 1 079 mètres avec une balle ordinaire calibre 50 », dit-elle sans quitter des yeux le formulaire que Boggs a rempli après son retour de mission. Elle lit rapidement la suite pour elle-même. « Huit heures quarante, blablabla. » Elle pose le papier et regarde Boggs. « Alors, ç'a été un tir à la tête ? »

Boggs acquiesce. « Euh, oui capitaine.

– Euh oui ? se moque le capitaine. Oui ou non. Qu'est-ce qu'un tir à la tête ? » Les jolis yeux intenses le fixent avec ce que Boggs pense pouvoir être de la fureur. Merde ! Qu'est-ce qui s'est passé ? Grolsch lui a dit que personne ne s'intéresserait à tout ça, que personne ne regarderait même les formulaires.

« Oui, capitaine », dit-il avec autant d'assurance que possible. Comment se tirer de là ? Tout est de la faute de Grolsch, mais comme il a signé le débriefing c'est aussi son problème maintenant. « C'était… Je pense… Je suis à peu près sûr que c'était à la tête. »

Et merde. Cette réponse n'est pas bonne, Boggs le sait. Il le sait à la façon dont le capitaine Sullivan le regarde.

Le capitaine Sullivan soupire et se penche en avant, elle croise les mains sur sa table et se détend. Son visage se radoucit. Boggs sent qu'elle change de stratégie. « Pourquoi ne pas me dire ce qui s'est passé. Décrivez simplement ce que vous avez vu quand vous avez donné votre confirmation. »

Boggs déglutit, il sait qu'il a l'air inquiet. Il inspire en essayant de se détendre tout en ne voulant pas avoir l'air de le faire. « Nous, euh, nous avons tiré à 1 079 mètres et...

— Oui, ça je l'ai compris. Je sais où et quand. » Elle est devenue presque maternelle, mais son regard reste implacable. « Dites-moi seulement ce que vous avez vu... avec votre monoculaire... au moment du tir. » Elle parle lentement et énonce clairement chaque phrase, avec un petit signe d'encouragement.

« D'accord », acquiesce Boggs comme s'il venait enfin de comprendre la question. « Il... il est tombé. »

Le capitaine Sullivan hoche la tête. « Il est tombé, répète-t-elle. Il a été touché à la tête ?

— Peut-être pas à la tête, mais il est tombé. »

Elle se penche en avant, plus insistante, mais en essayant de rester maternelle. « Vous avez vu une brume rose ?

— Oui, dit Boggs soulagé de ne pas mentir pour une fois.

— Quelle partie du corps pensez-vous avoir atteint ? »

Oh merde. Indique une partie du corps où une blessure par balle est mortelle. « La poitrine ?

— Vous me le demandez *à moi*? Parce que c'est précisément ce que j'essaie de vous faire dire *à vous*. » Sa voix monte avec une exaspération strictement maîtrisée. « Avez-vous seulement vu où vous l'aviez atteint ? »

Boggs inspire et essaie de contrôler sa respiration comme on vous apprend à le faire avant de tirer. « Il y a eu une brume rose, c'est sûr, et il est tombé », dit Boggs en hochant la tête pour confirmer ses propres mots.

Sullivan acquiesce sans le quitter des yeux. Personne ne regarde quelqu'un d'une façon aussi inexpressive pour dire ensuite quelque chose d'aimable. Qu'est-ce qui se passe, bordel ? se demande Boggs. Comment tout ça est devenu tout à coup un problème ? Et pourquoi il doit l'affronter seul ? Grolsch devrait être ici pour répondre à ces questions, c'est lui qui a bousillé la mission.

Elle s'adosse à son fauteuil et demande : « Comment ça se passe avec le sergent Grolsch ? Vous vous entendez bien tous les deux ? »

Boggs est soulagé de changer de sujet, mais il sait que ça peut n'être qu'une tactique d'interrogatoire. Il hausse les épaules. « Ce n'est pas la personne que je préfère, mais il... » Il allait dire « fait bien son boulot », mais il se rappelle qu'il est devant le capitaine parce que Grolsch a complètement salopé le travail et il le modère en « ... c'est un bon tireur. C'est suffisant. »

Le capitaine Sullivan hoche encore la tête. « Il n'y a pas eu de problèmes là-bas ?

— Non. Pourquoi, quelqu'un a dit quelque chose ? » Question idiote, il le sait, parce que Grolsch est la seule personne qui pourrait dire quelque chose. Il est peu probable qu'un terroriste se plaigne à l'armée américaine de s'être fait tirer dessus, et il n'y avait personne d'autre avec eux, alors qu'est-ce que Grolsch a bien pu lui raconter ?

Sullivan ignore la question et, dans un geste théâtral, elle se penche en avant et lui lance un regard qui le transperce. Oh, merde, se dit Boggs, elle doit savoir quelque chose. «Vous avez tiré des Raufoss dans sa maison et considéré que c'était fini?

– Non.» Encore une fois Boggs ne ment pas puisqu'elles n'ont pas été tirées chez lui. Pas du tout. Elles ont été tirées dans un mur en parpaing. Les tirer dans sa maison aurait été tout à fait différent.

Sullivan le fixe longuement d'un air sceptique. Puis elle prend un morceau de papier sur la table et le regarde. «C'était sur mon bureau ce matin, dit-elle d'une voix chargée d'inquiétude. Une équipe de SEAL sur la frontière a arrêté Abdoul al-Mahdi ce matin, rentrant d'un hôpital au Pakistan. Il a perdu une main et il a du shrapnel dans la figure.» Elle pose le papier et regarde de nouveau Boggs.

«Ce sont des blessures qui peuvent provenir de Raufoss tirées à l'intérieur. Pas d'une balle de cinquante.»

Boggs hoche la tête d'un air pensif. Il est réellement soulagé d'apprendre que cet interrogatoire a été déclenché par une équipe de SEAL et pas par Grolsch essayant de tout lui mettre sur le dos. Et il sait maintenant que la meilleure chose à faire est de nier, certain que Grolsch nierait aussi. Quelle autre preuve y aurait-il? Le terroriste? Tiens-t'en à l'histoire, a dit Grolsch quand ils ont sauté de l'hélico et sont allés remplir leurs formulaires.

«Nous n'avons pas tiré dans sa maison. Nous l'avons atteint avec un calibre 50. C'est ce qui a dû lui arracher la main.»

Sullivan est pensive. Puis, comme si elle venait d'avoir une idée, elle dit: «Hé, vous avez encore votre paquetage, celui de la mission? Dans votre casier?

– Oui, capitaine.

– Pouvez-vous m'apporter les deux Raufoss de votre paquetage ? » Elle retourne à ses papiers. Boggs s'aperçoit qu'elle veut dire « tout de suite ».

Et il s'aperçoit en même temps qu'il est complètement baisé.

Vous recevez deux Raufoss par mission, et Grolsch a tiré les deux dans un mur. Il n'a pas pu courir à l'armurerie et en demander deux de plus, parce qu'elles sont rudement chères, dans les cent dollars pièce, et que les gars de l'armurerie les surveillent comme l'or. Sullivan le sait, manifestement. Elle a vérifié avec l'armurerie. Le capitaine n'est pas une imbécile.

« Oui, capitaine. » Il se lève et sort avec assurance, conscient d'avoir ruiné sa carrière. Tout ce qu'il a enduré, la souffrance physique et morale de l'entraînement des Forces spéciales, l'école de snipers, et même son mariage avec Madison, tout ça pour rien. Il n'y aura pas de poste diplomatique. Pas d'ascension dans les rangs du Département d'État. Ils vont lui supprimer son habilitation confidentiel défense et l'expédier dans l'infanterie de base ; il traînera à Bagram et tirera sur des chiens errants ou surveillera le périmètre pour le restant de sa mission.

Salaud de Grolsch.

En retournant vers sa chambre il serre les paupières contre le vent en essayant d'agir comme si tout allait bien. Il va devoir faire tous les gestes : s'approcher du casier, vérifier la présence des Raufoss dans le paquetage et quoi ? elles ont disparu ! Qu'est-ce qui a bien pu se passer ? Peut-il mentir et dire que quelqu'un les a prises ? Peut-il soutenir un mensonge très difficile à croire devant un capitaine qui visiblement ne croit déjà pas un traître mot de ce qu'il dit, alors qu'il n'a même pas commencé à lui raconter des salades ? Non, il ne peut pas, il le sait. Le paquetage est dans un casier fermé à clé depuis leur retour de mission. Il n'y a aucune explication possible à la disparition des projectiles.

Il va devoir retourner avouer. Essaie de rejeter autant que possible la responsabilité sur Grolsch tout en sachant que tu es responsable aussi, maintenant que tu as signé le débriefing. Prends la moitié du blâme, assure-toi que Grolsch en prend la moitié (même s'il mérite la totalité) et laisse Grolsch dire à tout le monde que tu es gay, abandonne l'armée et va travailler dans un bar à New York. Tu n'auras plus à te cacher. Ça sera peut-être bien. Tu pourras vivre dans un de ces quartiers gays, peut-être à Greenwich Village, et avoir de vrais amis qui savent qui tu es, tu pourras sortir et baiser comme quelqu'un de normal sans devoir lancer des signaux subtils, vérifier que la porte est fermée et que vous ne faites pas trop de bruit.

Il est peut-être temps de sortir de ce foutu placard, pense Boggs en entrant dans sa chambre. Il prend la carte d'accès aux casiers et la clé du sien. Tout ça est épuisant. Il ressort dans la tempête de sable qui empire peu à peu et il lui vient une idée.

Une Raufoss ressemble exactement à un calibre 50 ordinaire, à l'exception de sa pointe verte. Il suffit de trouver de la peinture verte. Mais où ? Et ensuite combien de temps pour qu'elle sèche ? Il regarde les bâtiments bas en contreplaqué qui parsèment le terrain et soupire. Il imagine la peinture verte tachant les mains du capitaine Sullivan et une bouffée de honte lui fait serrer les paupières encore plus fort. C'est inutile.

Il remarque que ses mains tremblent quand il introduit la carte qui ouvre la porte de la salle des casiers.

Pourquoi faire ça? Pourquoi prendre la peine de prétendre chercher ce qu'il sait ne pas être là? Il lève la clé et tremble tellement qu'il peut à peine l'introduire dans la serrure. La porte s'ouvre et il sort son paquetage qui tombe lourdement à ses pieds.

Il ouvre la pochette où sont conservées les Raufoss pour s'assurer définitivement que tous ses espoirs et tous ses rêves sont foutus, morts et enterrés.

Il inspire avec difficulté. Les deux Raufoss sont là.

Avec leur pointe verte. Une vraie pointe pro, de celles fabriquées à l'usine.

Grolsch. Ce connard. Ce merveilleux foutu connard. Il a dû les remplacer, au cas où. Comment les a-t-il obtenues de l'armurerie? Qui est au courant? On s'en fout. Ce qui compte c'est que Grolsch l'a fait. On peut dire ce qu'on veut de ce type, mais il est prévoyant. Pour la première fois depuis la mission, Boggs est réellement heureux de ne pas avoir poussé Grolsch hors de l'hélicoptère.

Il saisit les balles, claque la porte, et retourne fier et confiant au bureau de Sullivan. Ne pense plus à t'installer à Greenwich Village et te faire de vrais amis. Laisse tomber. Le voici de retour sur le chemin de l'ambassade.

Le lieutenant aux joues roses lui fait signe d'entrer, il va dans le bureau du capitaine Sullivan et la salue. Il pose les deux Raufoss sur sa table et elle y jette un coup d'œil rapide.

«OK», dit-elle. Elle lui fait signe de les reprendre. Il les met dans sa poche.

«Il va y avoir une enquête. J'ai eu un appel du général Bright ce matin. Vous et Grolsch devez préparer ce que vous allez dire. Vos histoires doivent se tenir.»

Boggs acquiesce. « Oui, capitaine.

– C'est un énorme affront pour la 159e, dit-elle. Nous avons déclaré un terroriste mort et il réapparaît suffisamment vivant pour se faire capturer par la marine. Nous passons pour des crétins.

– Il lui manque une main, dit Boggs qui se sent soudain joyeux. Nous avons quand même fait des dégâts. »

Le capitaine Sullivan bondit de son siège les yeux lançant des éclairs de fureur. « Fermez-la, petit con ! » crie-t-elle. Boggs, surpris, recule d'un pas. « Vous savez ce qui s'est passé là-bas. Je sais ce qui s'est passé là-bas. Nous savons tous les deux que Grolsch n'est plus apte au service. »

Elle se laisse retomber dans son fauteuil et se frotte le front comme si ça pouvait soulager la tension. « Maintenant je dois revoir toutes ses missions pour essayer de découvrir combien d'autres personnes il prétend avoir tuées alors que ce n'était pas vrai. C'est à ça que sert la confirmation, pour que ça n'arrive pas. Si vous mentez aussi, alors c'est tout le système qui fout le camp. Vous comprenez ça ? » Elle le regarde fixement, mais sa colère semble s'apaiser.

« Oui, capitaine, répond doucement Boggs.

– Je sais que ce n'était pas vous, dit-elle. Mais vous êtes impliqué maintenant parce que vous avez signé le formulaire. Et moi je suis finie. C'est ma faute. J'aurais dû le renvoyer chez lui la dernière fois qu'il a merdé. » Boggs se demande ce que ça signifie. « Mais si vous voulez continuer à mentir pour lui, assurez-vous de bien le faire. Compris ?

– Oui, capitaine.

– Bien. » Le capitaine commence à se masser la racine du nez. « Sortez. »

Boggs tourne les talons et sort, il passe devant le bébé lieutenant qui a manifestement tout entendu et garde la tête baissée comme s'il était absorbé par la lecture d'un document quelconque. Boggs retourne à la salle des casiers, remet les deux Raufoss dans son paquetage, referme tout et retourne dans sa chambre. Grolsch, merveilleux salaud.

Il s'effondre sur son lit et remet les écouteurs, laisse sa tête dépasser du bord du lit de telle sorte qu'il voit le mur opposé à l'envers. Puis il rallume son portable et reprend Maria Callas chantant *L'amour...* exactement où il l'avait laissée.

10

Corina et le gamin sont allés quelque part, peut-être au jardin, et ils ont emmené cette petite saleté qu'ils appellent un chien. Corina ne lui a pas demandé s'il voulait un chien, tout comme elle ne lui a pas demandé s'il voulait un enfant. Une famille pousse autour de lui comme la mauvaise herbe. Et s'il avait voulu un chien, il en aurait pris un vrai, un pitbull ou un berger allemand ou même un border collie, quelque chose qui a une fonction, pas un machin qu'une super modèle qui s'ennuie transporte dans son sac.

Mais ça lui laisse du temps pour lui, et on dirait que ça pourrait être une journée agréable. Il allume une cigarette et essaie d'ouvrir la fenêtre pour que Corina ne se plaigne pas à son retour, et la fenêtre se coince presque aussitôt. Il jure et envisage une seconde de casser une des vitres, mais il décide qu'elle s'en plaindrait encore plus que de la fumée. Il essaie de se pencher et de souffler la fumée dans cet espace minuscule mais le plus gros lui revient dans la figure. Merde, il encaissera ses récriminations. Il s'assoit sur le canapé et se sert de sa tasse à café vide comme de cendrier.

Son téléphone bipe. Il imagine que c'est Corina qui lui envoie un SMS pour l'enquiquiner, alors il finit sa cigarette en se demandant ce qu'il va faire aujourd'hui.

Les deux premiers jours à la maison sont toujours les meilleurs. Corina commence généralement par faire la cuisine pour lui – Grolsch aime encore sa cuisine – et elle le laisse seul pour qu'il puisse rattraper son sommeil. Ça prend d'habitude deux semaines avant que les reproches commencent. Apparemment, malgré toutes ses années au club de strip-tease, elle n'a encore jamais vu un homme boire quelques verres. Il décide de réduire largement la tension dans la maisonnée en trouvant des cachettes pour ses bouteilles d'alcool. Il rôde dans l'appartement à la recherche de lattes de plancher et de murs susceptibles de servir de planque secrète.

Rien.

Quand Grolsch était dans l'armée de terre, il avait acquis la réputation de trouver les cachettes secrètes. Les hadjis avaient toujours quelques petits trous chez eux où ils planquaient ce qu'ils ne voulaient pas que les Américains trouvent. Une fois, au cours d'un raid dans un village de la région de Kandahar, il a cru avoir trouvé une cache d'armes dans une maison, et il n'y avait que des magazines pornos. Il a tout remis à sa place et a fermé la porte. Chacun a ses secrets. Il sourit à ce souvenir.

Il va dans la chambre chercher un T-shirt et il ouvre le mauvais placard par erreur. Il considère que, étant plus grand que Corina, il aurait dû avoir le grand placard, mais comme il était en Afghanistan, Corina a rangé ses affaires dans le petit et a pris le grand. Il s'en fiche. Il est habitué à vivre avec un sac de toile, et toutes les femmes font ce genre de vacheries. Mais elle aurait pu demander.

Il referme brutalement le tiroir du placard en s'apercevant qu'il ne contient que des petites culottes et des soutiens-gorge, puis il réfléchit. Qu'est-ce que c'était ? Il rouvre le tiroir, lentement, en se demandant ce qui a attiré son attention. Il déplace un soutien-gorge et il reconnaît au fond du tiroir le vert fade, cette couleur que connaît tout Américain. Du fric. Il plonge la main.

Quatre cents dollars en billets de vingt.

Eh bien dites-moi. Ce doit être pour ça qu'elle ne s'est jamais plainte après qu'il a vidé leur compte à Dubaï. Il s'attendait à une avalanche de mails paniqués et d'appels, mais rien. Il s'attendait à ce qu'elle dise quelque chose pendant le retour de la base aérienne, mais là encore, rien. Et c'est à cause de ça.

Corina met de l'argent de côté.

D'où le sort-elle, bon sang ? Elle s'y connaît en argent, leur compte est toujours créditeur et jamais Grolsch n'a remarqué de retrait important ou imprévu. Elle a un boulot à temps partiel ? Elle a recommencé à faire du strip-tease ? En retournant dans le living il sent une poussée d'adrénaline et de colère.

Il prend son téléphone pour appeler Corina et s'aperçoit que le bip qu'il vient d'entendre n'est pas un message de Corina mais un texto d'un numéro non listé. Il reconnaît celui du téléphone prépayé que le capitaine Sullivan utilisait quand ils étaient à Dubaï.

Il sourit. Le capitaine Sullivan essaie de le joindre. Elle a probablement envie de baiser. Il ouvre le texto.

Appelle-moi immédiatement. Important. Pas de mail.

Eh bien non, elle n'en a pas l'air. Le téléphone bipe de nouveau. Un autre texto d'un autre numéro non listé.

Grolsch, c'est Boggs. C'est la merde. Appelle-moi ASAP.

Un autre bip, un deuxième texto de Boggs.

PAS DE MAIL.

Grolsch s'assoit sur le canapé. Tout le monde sait que les mails de la base sont surveillés, donc il doit y avoir un truc qu'ils ne veulent pas que l'armée sache. Il a dû se passer quelque chose. Cette pédale de Boggs a dû le dénoncer. Mais alors, pourquoi dire «pas de mail»? S'il avait craché le morceau il n'enverrait pas des textos mystérieux avec un minable portable afghan. Sinon, comment diable le capitaine Sullivan peut-elle être au courant?

Finie la journée agréable. Il va dans la chambre, ouvre son sac et sort sa réserve de secours, une fiasque de bourbon. Elle est à peine à moitié pleine, mais il y en a assez pour tenir la matinée.

Alors que Jim s'apprête à aller prendre un café avant de commencer sa journée Uber, il aperçoit Corina, le gamin et le chien dans le jardin. Elle est assise sur un banc et les regarde tous les deux se courir après. Jim se gare et elle lui fait signe quand elle le voit s'approcher.

«Salut, dit-elle. Vous venez dans ce jardin?» Il est à quatre rues de chez lui, et chaque fois qu'il passe devant depuis trente ans il est toujours bourré d'enfants. Alors non. Il ne vient pas dans ce jardin. Il y a environ vingt ans il y est allé un soir, rien que pour se vider la tête et prendre l'air, mais il a remarqué que des flics surveillaient et il est parti. Il a pensé que c'était probablement un endroit où se retrouvaient le soir des dealers d'héroïne et des prostituées. Et il n'est pas revenu depuis.

«Non, dit Jim. Je suis seulement passé vous dire bonjour.» Il se rend compte que c'est le genre de chose qu'il ne dit jamais. Quand a-t-il entamé un contact social pour la dernière fois? Ça fait sûrement plusieurs présidents de ça. Ça remonte peut-être même à Reagan. Mais Corina a l'air contente de le voir, et elle lui fait signe de s'asseoir à côté d'elle. Il devrait peut-être commencer à faire ça plus souvent.

Corina parle la première et elle en est déjà à sa deuxième phrase avant qu'il puisse s'asseoir. Elle se lance dans une diatribe contre son mari, en tapant sur le bras de Jim pour insister sur certains points. « Ohmondieu, il fume (coup sur le coude) dans l'appartement avec un enfant de quatre ans. Quand j'ai laissé Dylan à la garderie ce matin il sentait le cendrier. Il ne veut jamais s'occuper de Dylan (coup). Il ne fait jamais attention à lui ! » C'est une forme d'expression totalement absente de l'éducation écossaise-irlandaise de Jim où la rage était la seule émotion autorisée à s'exprimer et il la trouve immédiatement attachante. Corina conclut en regardant les arbres au fond du jardin et dit : « Je crois que je le déteste. »

Jim ne dit rien.

« Je sais qu'il me déteste », dit-elle.

Jim n'est pas sûr de savoir s'il est censé la soutenir ou seulement écouter en silence. Il a vu un jour une de ces émissions qui vous expliquent ce qu'il faut faire quand des femmes commencent à vous parler de leurs problèmes, mais il ne se rappelle pas la conclusion. Il est porté à écouter par nature, mais au bout d'un moment ne rien dire du tout paraît bizarre. « Je suis sûr que ce n'est pas le cas.

– Je n'ai pas encore abordé le sujet de l'argent. Pourquoi il a vidé notre compte quand il est allé à… cet endroit. Dobo ou je ne sais quoi.

– Dubaï », dit Jim. Il s'aperçoit horrifié qu'il a obtenu cette information par indiscrétion et qu'elle n'a jamais réellement mentionné Dubaï. Mais l'attention de Corina est ailleurs et la gaffe passe inaperçue.

Elle se tourne sur le banc pour le regarder. « J'ai peur d'aborder le sujet. Il va être fou de rage. » Son visage se crispe de colère, ce qui prend Jim au dépourvu. Il ne l'a encore jamais vue en colère. « Il a pris tout l'argent de notre compte pour aller baiser une pute à Dobo. » Elle met la main sur sa bouche comme si elle était choquée par ses propres mots. « Désolée, je ne devrais pas parler comme ça devant Dylan. »

Dylan joue toujours avec le chien et ne peut pas l'entendre.

« Il pense que je l'ai forcé à avoir un enfant, continue Corina presque sur le ton de la conversation. C'est pour ça qu'il me déteste. » Elle repousse une mèche derrière l'oreille et regarde Jim comme si elle le voyait pour la première fois. « Je vous jure, il était gentil. Nous avons été heureux après notre mariage. Mais chaque fois qu'il rentrait d'Afghanistan il était un poil pire. Maintenant il est carrément méchant. Si je faisais sa connaissance aujourd'hui je partirais au galop dans la direction opposée. Il ne reste plus rien de lui. »

Jim pense aussitôt au docteur Greenberg, ce médecin qui est mal à l'aise s'il essaie de parler d'autre chose que de ce qu'il y a dans son dossier, et il décide de ne pas être comme lui. « C'est nul, dit-il.

– Le mariage, c'est tellement bizarre. Nous avions si bien commencé. Nous étions jeunes, intelligents, capables, et nous attendions les mêmes choses de la vie. Et maintenant, cinq ans plus tard seulement, c'est un foutu désastre. » Elle cache son visage dans ses mains et surprend Jim en riant. « Je parie que vous êtes content d'être venu bavarder. »

Jim sourit. « Ahein », fait-il en soupirant. Il allait dire qu'il valait mieux qu'il s'en aille, mais elle lui prend la main et la serre.

« Merci de m'avoir écoutée. Excusez-moi.

– Ahein. Je suis désolé que ce soit tellement difficile. » Il a l'impression qu'il devrait en dire davantage, lui donner un avis ou un conseil de sagesse mais rien ne lui vient à l'esprit et le silence est son état permanent par défaut. Ça paraît suffisant.

« Il vaudrait mieux que je retourne travailler. »

Quand il se lève elle dit avec un vrai sourire : « On se verra sûrement. Peut-être par la fenêtre. »

Au cours de sa troisième ou quatrième mission avec la 159e, Grolsch a tué un hadji pendant qu'il dormait dans un hamac dans la cour de sa maison. La cour était carrelée et la maison, luxueuse, la seule jolie maison dans laquelle il ait jamais tiré. La richesse du hadji signifiait que l'opération était particulièrement difficile, parce qu'il pouvait s'offrir des gardes pour patrouiller dans les coins d'où pouvait venir le coup. Plusieurs fois pendant les quatre jours où Grolsch a attendu de pouvoir le viser, les gardes sont passés en contrebas de la minuscule grotte où Dawes et lui étaient cachés.

Pour atteindre leur cachette, Grolsch et Dawes avaient escaladé une montagne de quatre mille mètres sur un terrain considéré comme tellement infranchissable que même les gardes hadjis locaux n'avaient pas pris la peine d'y patrouiller. C'était un tir à plus de mille cinq cents mètres, rien d'un record, mais certainement impressionnant dans l'air rare et les conditions venteuses de haute montagne. Quand Dawes et lui sont rentrés de mission ils ont reçu tellement de félicitations enthousiastes des officiers au Quartier général de la 159e qu'ils ont compris que personne ne s'attendait à ce qu'ils réussissent ni même à ce qu'ils reviennent. On leur a remis l'Étoile de bronze.

Deux jours après, le colonel qui commandait la 159e a appelé Grolsch dans son bureau. Grolsch a pensé que c'était pour les féliciter encore, mais Dawes n'était pas invité. Quand il est arrivé, le colonel l'a en effet félicité, mais ensuite il lui a montré le formulaire de débriefing qu'il avait rempli.

« Il faut que vous réécriviez ça », a-t-il dit en le lui tendant. « Exactement pareil, date, heure, tout. Mais cette fois, soyons brefs. Supprimez simplement la dernière phrase, mon petit. »

Grolsch a su immédiatement de quoi parlait le colonel. Juste avant qu'il tire, la fille du hadji, une petite fille d'à peu près huit ans avec de longs cheveux noirs, est sortie de la maison pour lui parler. Il lui a dit quelque chose, puis il lui a fait signe de s'en aller pour qu'il puisse se rendormir. Elle a haussé les épaules, elle s'est assise au fond de la cour et s'est mise à jouer aux osselets.

La balle de Grolsch a frappé le père qui est tombé du hamac. Le sol carrelé a été immédiatement éclaboussé de sang. À l'instant où Dawes a dit « confirmé » une femme est sortie de la maison en courant, elle a vu son mari à terre et Grolsch a compris qu'elle criait. Puis elle s'est tournée vers sa fille et elle est tombée à genoux. La balle avait complètement traversé le père et atteint aussi l'enfant. Tout ce sang n'était pas qu'à lui.

Grolsch avait rempli le formulaire en décrivant la cible et le tir clairement et succinctement. Distance, météo, munition utilisée, et sa dernière phrase était

« *Projectile traversé Cible et atteint enfant féminin, 8-10, décès présumé* ».

Soyons brefs. Supprimez simplement la dernière phrase, mon petit. Comme si le problème était le style délayé de Grolsch.

Grolsch sait que l'armée aime que les choses soient propres. Ils ne vont pas l'envoyer en cour martiale pour son dernier fiasco. Ils ne vont pas faire un procès à un sniper décoré sans qu'une tête de nœud du *Washington Post* vienne voir ce qui se passe, et dire qu'on ne peut pas laisser faire ça. À la place ils feront leur « enquête » et trouveront un coupable. Ensuite ils le puniront juste un tout petit peu, pas assez pour qu'il se plaigne ou prenne un avocat, et il la bouclera en encaissant sa punition. Ensuite ils changeront quelques règles, histoire de pouvoir dire qu'ils ont réformé le système afin que si vous confirmez la mort de quelqu'un il soit effectivement mort. Ils diront que cela ne se reproduira plus. Puis ils enverront toute la paperasserie de l'enquête dans un donjon où personne ne la trouvera jamais, et tout rentrera dans l'ordre.

C'est comme ça que ça se passe. Soyons brefs. Supprimez simplement la dernière phrase, mon petit.

C'est pourquoi Grolsch est surpris d'entendre le capitaine Sullivan parler de cour martiale quand il répond enfin au téléphone. Elle a appelé toute la matinée. Elle crie qu'il a détruit sa carrière. Que c'est un menteur.

Quand elle s'est suffisamment calmée pour cesser de s'étrangler de rage elle lui demande d'une voix égale : « Grolsch, écoute-moi. J'ai besoin de savoir. Tu as menti sur le formulaire de débriefing en disant que tu as employé une balle ordinaire ? Tu l'as atteint avec une Raufoss ? Tu peux me le dire. Je n'en parlerai jamais, je veux seulement t'entendre le dire. »

Grolsch n'a jamais compris pourquoi l'honnêteté est tellement importante pour les femmes. Franchement, qu'est-ce que ça change ? S'il l'avait atteint au bras avec un calibre 50 et que le type avait fait semblant d'être mort ils l'auraient confirmé et il se serait passé la même chose. La seule différence serait que Boggs et lui seraient réellement innocents et le terroriste n'aurait pas de shrapnel dans la gueule. C'est ça qui tracasse l'armée, la gueule d'un terroriste ? En plus, ce sont les blessures causées par la Raufoss qui ont entraîné sa capture. Si Grolsch n'avait pas tiré à travers le mur, il ne serait jamais sorti de chez lui pour faire le voyage à l'hôpital et le SEAL ne l'aurait pas pris. De son point de vue, Boggs et lui sont des héros, le SEAL devrait les remercier, et on se fout de savoir avec quel genre de munition le terroriste s'est fait tirer dessus.

Le vrai problème, se dit Grolsch, c'est que c'est la marine qui a capturé le type. Si ç'avait été une autre unité des Forces spéciales, il n'y aurait pas eu de problème. Ça serait resté entre nous et tout se serait réglé avec un coup de téléphone. Mais que le SEAL de la marine ait capturé le type signifie que dans un cocktail à Washington un amiral peut se moquer d'un général et ça, c'est inacceptable.

« Nan, bébé, on s'est servi d'un calibre 50 », répond Grolsch en regardant le plafond, étendu sur le canapé, et en se demandant si Boggs s'est tenu à leur histoire.

« Comment tu viens de m'appeler ? Tu m'as appelée "bébé" ? hurle Sullivan incrédule. Je suis ton commandant de compagnie, espèce de salaud. »

Merde, elle est fâchée, pense Grolsch en souriant. On ne baisera plus. Il se souvient d'elle nue sur les draps propres et frais de leur chambre d'hôtel à Dubaï il n'y a que quelques mois et il est surpris du manque de permanence des choses.

« Je te renvoie en mission, dit-elle la voix encore tendue de fureur. Je ne sais pas si j'y perds mon poste, mais je te dis d'ores et déjà qu'il va y avoir une enquête et que… » Blablabla.

Grolsch n'écoute plus son braillement et allume une cigarette en se rappelant encore comme elle était belle, nue, les cheveux répandus sur l'oreiller. Puis il entend le nom de Boggs et revient à la réalité.

« Et Boggs ?

— Il est en train de mentir pour toi, dit le capitaine Sullivan, mais c'est un carriériste. Nous le convoquons devant une commission et sous serment, je ne suis pas sûre qu'il tienne.

— Pour l'amour du ciel, Leann, dit-il avec un soupir fatigué. Pourquoi tu es tellement fâchée ? On a tiré sur le type avec un calibre 50. Tu as les Raufoss qu'on a emportées en mission, tu sais qu'on ne les a pas utilisées. Alors pourquoi des enquêtes et des commissions et des serments et toute cette merde ? » La colère de Sullivan commence à lui faire prendre la conversation plus au sérieux. Elle s'en prend à lui avec la fureur que seule peut ressentir une ancienne amoureuse.

« Ne m'appelle pas Leann, siffle-t-elle. Je suis le capitaine Sullivan et si jamais… jamais tu m'appelles autrement… » Blablabla.

Grolsch se demande où elle va l'envoyer. Elle va choisir un endroit qu'il détestera, une île perdue dans l'Arctique, par exemple. Elle l'affectera probablement à la sécurité de la base. Elle sait qu'il a horreur de ça parce qu'il s'en est plaint à l'époque où ils s'entendaient bien.

Au bout de quelques minutes supplémentaires d'invectives il raccroche. Donc, Boggs n'a rien dit. Il sourit en se rappelant la façon dont Boggs l'a regardé dans l'hélico. Ce connard allait me pousser dehors. Bravo. Si j'étais lui, je me pousserais dehors. Mais il ne l'a pas fait. Il s'est dégonflé à la dernière seconde.

Typique d'une pédale.

11

Madison ne connaît pas le protocole d'accueil d'un faux mari à la base aérienne. Elle a vu des photos de retrouvailles dans les journaux où des épouses et des enfants courent sur le tarmac et se jettent dans les bras des soldats, mais elle n'a pas l'impression que ce soit approprié. Davis n'a aucune idée de qui est son nouveau beau-père puisqu'ils ne se sont jamais vus, donc il ne sautera dans les bras de personne, et Madison remarque que les autres familles font preuve de retenue. Courir sur le tarmac en criant le nom de l'être aimé ne semble pas être une chose qui se fait dans la réalité. Elle s'aperçoit que les photos auxquelles elle pense sont celles de soldats rentrant d'un camp de prisonniers au Vietnam où ils avaient souffert de la faim et des coups pendant des années, et non d'une mission de six mois en Afghanistan où ils sont bien nourris, logés, et font le plus souvent un travail de bureau.

Dimanche dernier Madison est allée à l'église de la base puis faire du shopping avec «Les Filles», sa nouvelle bande d'amies qui l'ont emmenée à Seattle choisir une nouvelle garde-robe. Elle a dépensé presque toutes ses économies en robes, lunettes de soleil, chaussures, nouvelle coiffure et nouveau maquillage, et Davis lui-même, à quatre ans, a été impressionné en la voyant tellement transformée à son retour. En regardant la piste d'atterrissage elle voit son reflet dans la vitre et se sent à sa place ici, au milieu des familles qui attendent patiemment, plus qu'elle ne s'est jamais sentie à sa place ailleurs.

Certaines familles débordent d'excitation à peine maîtrisée tandis que d'autres se montrent plus blasées. « Voilà papa », dit un jeune garçon à sa sœur aînée d'un ton presque plat en indiquant un des hommes du groupe. Comment a-t-il pu le reconnaître ? Ils se ressemblent tous. Elle essaie de repérer un homme qui lui rappelle Kyle et s'aperçoit que sa silhouette ne lui est plus aussi familière. Il a toujours la même taille, il est grand et mince, mais il y a maintenant chez lui une musculature et une force qui n'ont pas encore remplacé ses souvenirs de lycée. De sa visite à Bennett, Madison se rappelle que ses mouvements sont devenus plus assurés, que son regard est plus direct. Kyle est déjà à une vingtaine de mètres de la fenêtre de la salle d'attente quand elle le reconnaît enfin, pas à son visage ni à sa démarche ni à son aspect physique, mais en lisant le nom BOGGS sur la poche de poitrine de son uniforme. Elle lui fait signe et tape sur la vitre, il regarde vers elle, lui sourit et lui fait signe à son tour.

Kyle se fraie lentement un chemin parmi les familles, l'embrasse sur la joue et la serre longuement dans ses bras, ce qui lui plaît bien, mais elle se demande s'il le fait seulement au cas où quelqu'un les regarderait. Ils n'ont discuté que des détails les plus élémentaires de ce faux mariage. Sont-ils censés s'embrasser passionnément à l'intention des spectateurs ? Personne n'a l'air de les regarder, les familles ont leur propre soldat à accueillir et une longue étreinte paraît suffisante.

« Hé, petit bonhomme », dit Kyle à Davis qui le regarde interdit. L'épisode du nouveau beau-père va prendre un certain temps, se dit Madison. Elle ignore totalement si elle peut compter sur Kyle pour s'occuper de Davis, ou si ça l'intéresse. Ils n'ont eu que deux jours pour se marier et prendre leurs dispositions pour son voyage, et toutes leurs discussions jusqu'ici ont concerné la logistique. Elle se demande si les autres femmes qui accueillent leur mari ou leur amant ont les mêmes préoccupations et conclut que oui, probablement. Un bon faux mariage demande du travail, comme un bon véritable.

« La maison de la base te plaît ? demande Kyle pendant le trajet.

– Ohmondieu, elle est formidable, s'exclame Madison. Je l'adore ! » Kyle est très surpris.

Quand ils arrivent à la maison Madison est contente de voir que Kyle est impressionné par l'aménagement et le style. Il visite les pièces en hochant la tête avec approbation. Il sourit en voyant les « photos de famille » posées sur la bibliothèque, quelques-unes de lui, d'autres de Madison et Davis, et une de tous les deux avant le bal de fin d'année au lycée.

« Cet endroit est magnifique », dit-il. Il regarde Madison dans sa nouvelle tenue comme s'il ne l'avait encore jamais vue. « Toi aussi.

– Merci. » Elle sourit. Elle a un pincement de regret que son compliment sur son apparence ne s'accompagne pas de désir, mais elle a connu suffisamment d'hommes hétéros dont le désir ne s'accompagnait pas de compliments. Tout est affaire de compromis.

Il laisse tomber son sac et s'enfonce dans un fauteuil en regardant autour de lui. Puis lui et Madison se regardent.

«Nom de Dieu, dit Kyle, je crois bien que nous sommes mariés.

— Oui», confirme Madison.

Kyle demande d'un air pensif: «Tu es prête pour ça?

— Je suis là, non?»

Kyle va dans la chambre faire un somme, mais il se contente de rester étendu sur le lit et de regarder le plafond en laissant la chaleur, le bruit et les vibrations de ses vingt heures de vol se diluer dans les draps frais. À un certain moment il remarque qu'un type incompétent de la maintenance a peint les parties mobiles du ventilateur du plafond, ce qui en fait une œuvre d'art moderne inutile. La lumière s'allume en tirant sur un cordon. Il s'étonne que Madison aime tellement cette maison. La plupart des types mariés disent que leur femme se plaint sans fin du logement sur la base. Moisissures, tuyaux qui fuient, pas d'entretien convenable depuis la Seconde Guerre mondiale. Madison est facile à contenter. Elle l'a toujours été.

Moi aussi, se dit-il. Je suis facile à contenter. Il aime beaucoup cette pièce, cette petite maison, Madison, le petit. C'est un endroit agréable à retrouver. Le secret est sans doute d'être simplement facile à contenter. Le secret est sans doute de venir de Bennett, Texas, et d'en partir pour passer le reste de sa vie dans un état de bonheur permanent de ne plus être là-bas.

Peut-être que tout ce qu'on nous dit est faux. Personne ne s'oppose jamais aux idées qu'on nous inculque dès l'école primaire: partage tes pensées, partage tes sentiments, sois honnête, sois toi-même. Le secret d'un mariage heureux est peut-être de le fonder sur un mensonge. L'honnêteté n'est peut-être pas une bonne politique, le déni est peut-être le secret du bonheur, et être honnête avec soi-même est peut-être la voie du désastre.

Sois celui que tu veux être, pense Kyle. Vis dans un monde de rêve, fais semblant d'être quelqu'un que tu n'es pas. Supprimer ses émotions est peut-être excellent pour la santé mentale. Il pense aux anciens combattants de la Seconde Guerre mondiale, la génération de son grand-père, dont certains ont probablement vécu dans cette maison même. Ils ne parlaient jamais de la guerre, ils taisaient tout et leurs secrets ont disparu avec eux. Et qu'ont-ils accompli ? Ils ont fait des États-Unis une puissance mondiale. De nos jours on nous apprend à tous à nous exprimer, à partager nos sentiments, et la moitié des gars dont il sait qu'ils sont revenus d'Irak ou d'Afghanistan doivent prendre un flacon d'antidépresseurs par mois rien que pour pouvoir vivre sans se tirer une balle dans la tête.

Il se lève, soudain plein d'énergie, se débarrasse de son uniforme et enfile un pantalon de sport et un T-shirt. Puis il va dans la cuisine, où Madison s'apprête à préparer le dîner.

« Qu'est-ce que tu fais ?
– Je pensais faire des pâtes.
– Tu sais faire la cuisine maintenant ?
– Qu'est-ce que ça veut dire, maintenant ? »

Kyle sourit d'un air penaud. « Je me rappelle que lorsque nous étions au lycée tu nous as préparé du poulet et qu'il avait un goût de pneu de camion. »

Elle pousse un petit cri de protestation. «Kyle, mon vieux, j'avais dans les seize ans.» Elle fait semblant de le chasser de la cuisine. «Si ma cuisine n'est pas assez bonne pour toi, Davis et moi mangerons des pâtes et tu peux te commander quelque chose chez Pizza Palace.»

Il rit, s'approche par-derrière et la prend dans ses bras. «Les pâtes, ça sera délicieux. Je suis sûr que ce seront les meilleures de l'Histoire.»

Elle se laisse aller contre sa poitrine. «Bon sang, dit-elle admirative. Je n'arrive pas à croire que tu te souviennes du poulet.

– Tu en parlais depuis une semaine. Tu avais une recette et tout et tout. Et ça avait le goût de quelque chose que tu aurais ramassé dans la rue.»

Elle proteste. «C'était un vieux four. Ça n'était pas ma faute.»

Kyle rit de nouveau, les bras toujours autour d'elle. «Hé, Maddie.

– Oui?

– Merci pour tout ça.»

Elle lui tapote le bras et va tranquillement faire bouillir de l'eau.

Après le dîner, sur lequel Kyle a pris soin de s'extasier plusieurs fois, Madison met Davis au lit et se change aussi en pantalon de survêt et T-shirt. Ils débouchent des bières et les emportent dehors d'où ils peuvent voir le coucher du soleil.

«Comment ça se passe pour Davis avec les médecins? demande Kyle.

– Il a des crises cycliques de vomissements. Il a ses bons et ses mauvais jours. Il va bien depuis des semaines. Les médecins ici sont formidables.

— Super. » Il tend sa bière et Madison trinque avec la sienne.

« Qu'est-ce que c'est, la 159e ?

— C'est mon unité. Nous faisons de la reconnaissance.

— En quoi ça consiste ?

— Nous allons dans les montagnes et nous observons. »

Madison réfléchit. On ne vous accorde pas la meilleure assurance à l'hôpital pour seulement « observer », mais les réponses de Kyle sont tellement vagues qu'elle pense qu'elles le deviendraient encore plus si elle insistait. Elle indique l'autre côté de la rue. « La dame d'en face vient de déménager. Son mari était dans la 159e. Il est mort.

— Comment s'appelait-il ?

— Dawes. Elle s'appelait Emily. Je ne sais pas quel était le prénom de son mari.

— Je ne l'ai pas connu. Mais j'ai entendu parler de lui. C'était le dernier guetteur de mon partenaire. » Il se tourne vers elle. « Tu as vu les Deux Hommes dans une Voiture ? »

En fait, elle les a vus, mais elle n'a pas compris avant cet instant. C'était une voiture blanche quelconque avec des plaques officielles et quand elle s'est garée en face, directement devant la maison d'Emily, elle emmenait Davis à l'aire de jeux. Il y avait deux hommes à l'intérieur, tous les deux en uniforme immaculé qui vérifiaient des papiers dans leur porte-documents. Elle est passée devant eux et leur a fait un signe plein de gaîté et l'un d'eux l'a saluée sèchement sans sourire. Puis elle a tourné à l'angle de la rue pour aller au jardin et quand elle est revenue la voiture était partie.

Les Deux Hommes dans une Voiture ont changé la vie d'Emily pour toujours, mais la rue est restée la même. Sa maison aussi. Elle se demande si les Deux Hommes dans une Voiture y étaient déjà venus. Ou peut-être dans celle qu'elle occupe actuellement. Les Deux Hommes ont-ils monté ses marches, attendu à sa porte ? Seconde Guerre mondiale, Corée, Vietnam, Irak, Afghanistan. Ces bâtiments abritent des soldats depuis quatre-vingts ans. Y a-t-il des maisons plus susceptibles de recevoir ces visites que d'autres ? À deux rues d'ici risquez-vous moins de voir arriver les Deux Hommes dans une Voiture ?

« Il est comment, ton partenaire ? demande Madison au bout d'un moment.

— Maddie, c'est un parfait connard », répond Kyle comme s'il était précisément en train de penser à lui. Madison le regarde affolée. Kyle dit rarement du mal des gens, s'il n'aime pas quelqu'un il préfère ne rien dire. « Il est au courant, pour moi. Pour ça.

— Ohmondieu, Kyle, comment ?

— Aucune idée. Mais en plus, il y a un gros risque que je me fasse virer de la 159e. À cause de lui. »

Il lui donne une version de l'histoire expurgée des détails sur les tirs et les munitions. Quand il a fini de retirer tous les détails que Madison n'est pas habilitée à entendre, l'histoire se résume à une simple phrase. « J'ai menti sur un formulaire parce qu'il a menacé de me dénoncer. »

Madison sent ses joues brûler de fureur. « Pour commencer, nous devons chercher comment il l'a découvert. Ensuite arranger ça. Nous devons trouver cette ordure et nous assurer qu'il la bouclera. »

Kyle la regarde comme s'il venait de découvrir un animal sauvage assis à sa place. Elle sait que la plupart du temps elle est tellement réservée et agréable que lorsqu'elle se met en colère c'est toujours une surprise pour ceux qui l'entourent, et elle en tire avantage. Kyle l'a vue quelquefois se mettre en colère au lycée, généralement à cause de Lynette Watkins, dont Madison a compris depuis qu'elle n'était pas réellement une rivale dans le cœur de Kyle. Au lycée il trouvait qu'elle se racontait des histoires. Cette fois il la regarde avec respect.

« Je n'ai pas dit au revoir à ma mère et fait venir mon fils du Texas pour que ce… connard… » Elle laisse le mot prendre d'autant plus de poids qu'elle ne dit presque jamais de grossièretés «… puisse foutre notre vie en l'air. »

Kyle lui sourit, admiratif. Il hoche la tête.

« Alors qu'il aille se faire foutre. » Elle se penche et pointe un doigt sur la poitrine de Kyle. « Nous devons régler ça.

— D'accord. » Il boit une gorgée de bière et rit en regardant Madison comme s'il venait de découvrir une nouvelle personne. « D'accord, Maddie. »

12

Corina sort le tiroir aux sous-vêtements du placard et le vide par terre; elle sent la panique commencer à lui serrer l'estomac. Elle devait payer aujourd'hui la garderie de Dylan où ils n'acceptent que du liquide. Trois cents dollars sur les quatre cents lui étaient destinés, les cent restants pour la nourriture. Et tout a disparu.

Ce fils de pute.

Elle se laisse tomber sur le lit, soupire et regarde la chambre autour d'elle, ses sous-vêtements répandus sur le sol.

Pourquoi continue-t-il à faire ça? Qu'est-ce que ça veut dire, que tout l'argent est à lui? Qu'elle et Dylan ne comptent pas? Corina sait qu'il attend qu'elle en parle, pour qu'ils aient une énorme dispute. Il a sûrement un discours tout prêt sur son incapacité et le fait qu'on ne peut pas lui faire confiance, qu'elle est une épouse et une mère lamentables et qu'elle mérite une bonne leçon. Elle n'a aucune envie d'entendre ça. Ça lui est devenu égal. D'accord, je suis nulle et tu as toujours raison. Ce qu'elle veut vraiment c'est qu'il reparte en Afghanistan, mais on dirait que ça n'est pas prévu avant longtemps.

Corina a remarqué que ces derniers jours Grolsch reçoit beaucoup d'appels de l'armée, et d'après ce qu'elle a entendu elle devine qu'il a des ennuis. Elle a entendu plusieurs fois le mot «enquête». Elle sait qu'il s'est passé quelque chose, quelque chose dont un mari normal pourrait parler à sa femme. Mais Grolsch la laissera se poser des questions jusqu'à la dernière minute, quand il devra admettre qu'il s'est fait virer de l'armée, arrêter, ou bannir en Arctique. Et il ne s'excusera pas, il n'admettra pas qu'il a commis une faute qui laisse sa famille en ruines. Il passera allègrement à la suite en racontant à tout le monde, en particulier aux femmes dans les bars, tout le mal que lui a fait sa mauvaise épouse, l'unique cause de tous ses malheurs.

Corina pense qu'il n'y a pas un seul aspect de sa vie qui soit meilleur avec Robert Grolsch. On dit qu'un garçon a besoin d'un père, mais Dylan n'a sûrement pas besoin de celui-là. Grolsch n'a jamais proposé de s'occuper de lui, c'est à peine s'il l'accepte, en faisant une grimace d'agacement chaque fois qu'il fait du bruit. Il boit trop, il ne parle que pour se plaindre, il vole son argent et maintenant on dirait qu'il a des ennuis et qu'il est sur le point de perdre son travail. Qui aurait envie de ça? Oui, ils ont été heureux avant qu'il parte en Afghanistan; oui, il était beau dans son uniforme; oui, il gagnait bien sa vie; mais qui à présent voudrait vivre avec un con pareil?

Elle se lève et commence à jeter ses sous-vêtements dans le tiroir. Elle sait bien que Grolsch est de pire en pire. Mais le déclin a été progressif. Quand elle l'a retrouvé sur la base aérienne après sa toute première mission, elle a immédiatement remarqué qu'il était... différent. Pendant la conversation il détournait brusquement les yeux comme s'il pensait à autre chose. Elle lui massait la nuque et essayait de le ramener à la réalité, mais c'était comme si une part de lui manquait. La deuxième fois qu'il est revenu, une autre part avait disparu, celle qui l'empêchait de se mettre en colère. Il râlait à propos de tout et n'importe quoi. Puis la part qui lui permettait de dormir la nuit a disparu. Puis celle qui lui disait qu'il avait assez bu, et finalement cette dernière part, celle qui faisait de lui quelqu'un de bien. Elle se retrouve à présent avec cette coquille vide, une lamentable loque insomniaque, colérique et alcoolique qui ne cherche qu'à blesser. Elle sait que l'armée vous verse cent mille dollars si votre mari est tué en action, mais s'il n'y a pas une égratignure sur son corps elle peut vous rendre une coquille vide et vous ne recevez pas un centime.

Au fil des années Corina a connu d'autres épouses ou compagnes qui ont tout tenté pour que leur homme ne devienne pas une coquille vide, et il lui semble que ça n'a jamais marché. Au début, elles s'emballaient, pleines d'espoir pour une thérapie expérimentale vantée par un journal médical ou le *New York Times*. Le mari allait pendant quelques mois à ses rendez-vous avec l'administration des vétérans et tout rentrait dans l'ordre. Ensuite l'épouse apprenait qu'il était mort d'une overdose d'héroïne dans les toilettes d'une gare routière ou qu'il s'était tiré une balle dans la tête sous un pont.

Les coquilles vides ne se réparent pas. Inutile d'essayer, surtout si la coquille fauche tout le putain de fric dont elle et son fils ont besoin pour manger.

Corina referme violemment le tiroir. Que faire ? Sa mère ne peut pas l'aider. Elle est fauchée, elle se débrouille tout juste avec Medicare et sa retraite, dépouillée de ses économies au cours de son existence par une série d'hommes louches. Corina a longtemps rêvé de venir à son secours, mais on dirait qu'aujourd'hui elle suit la même voie. Son voisin Jim peut peut-être l'aider encore une fois. Salut, je sais que je ne vous ai jamais rendu ce que vous m'avez prêté, mais est-ce que je peux avoir mille dollars de plus?

Qu'est-ce qui se passe avec ce type, de toute façon? Qui prête mille dollars à une parfaite étrangère en lui disant de ne pas se tracasser pour le remboursement? Elle se demande parfois s'il joue un jeu bizarre de domination, puis elle en doute. Il n'a pas l'air porté sur la manipulation. Elle sait qu'il joue au bon grand-père comme si c'était un rôle dans une production de théâtre amateur, mais elle sent que la représentation est destinée à tout le monde, pas seulement à elle. Elle n'est pas dupe. C'est un dur à cuire, aurait dit Rolando.

Jim lui fait penser à Rolando. Qui restait assis et fumait au bar de la boîte de strip-tease et la regardait travailler. Rolando avait été le compagnon de cellule de son père pendant dix-sept ans et après avoir été libéré sur parole il s'était présenté un soir en disant que son père l'avait chargé de s'occuper d'elle.

« Je n'ai besoin de personne pour s'occuper de moi. Surtout pas d'un de ses amis. Vous pouvez partir. »

Rolando a souri et s'est assis au bar. Il était petit et sec, couvert de tatouages, il lui manquait des dents et il avait l'air d'avoir perdu plus de combats qu'il n'en avait gagné. Pendant plusieurs mois il a été là tous les soirs où elle travaillait, jusqu'à ce qu'elle commence à trouver sa présence rassurante. Il était silencieux, ne l'embêtait pas et n'acceptait jamais de lap dance des autres filles. Au bout d'un certain temps elles l'ont laissé boire et regarder Corina tranquillement.

Un soir une des danseuses lui a dit: «Je crois que ce type est obsédé par toi. Il te harcèle?

— Il est correct.» La fois suivante Corina lui a offert une bière et elle a remarqué qu'il lui manquait deux doigts à la main gauche. Elle a demandé: «Comment c'est arrivé?

— Mon chat.

— Ton chat?

— Mon chat», a-t-il assuré. Elle a secoué la tête et elle s'est éloignée en essayant de ne pas sourire.

Quelques soirs plus tard Rolando lui a demandé: «Combien tu te fais par nuit, au bar?

— À peu près deux cents.

— Et les danseuses?

— Dans les cinq cents.»

Rolando a hoché la tête. «Alors c'est quoi, tu ne sais pas danser ou y a autre chose?

— Je sais danser. Je danse bien.» Elle s'est éloignée comme si elle avait quelque chose à faire, mais elle est revenue plus tard.

«Alors tu es timide?» a-t-il dit quand elle lui a apporté une autre bière.

Corina a haussé les épaules et a regardé vers la scène où une nouvelle fille aux longs cheveux blonds s'enroulait dans une pose dont un prof de yoga aurait été fier tandis qu'une horde d'hommes la contemplait passivement. «Je n'aime pas que les mecs me regardent comme ça.»

Rolando a souri. «Ils te regardent comme ça de toute façon. Je viens ici depuis deux mois. Chaque homme qui vient au bar te regarde comme ça. En fait, tu paies trois cents dollars par soirée pour garder un petit bout de tissu sur tes nénés.»

Elle a ri malgré elle.

« Tu es là pour l'argent, *chica*, alors gagnes-en », a dit Rolando comme si c'était la chose la plus évidente au monde.

Une semaine plus tard elle était sur scène. Après les cinq premières minutes elle s'est sentie complètement à l'aise et elle a eu un choc en découvrant combien les hommes étaient respectueux, timides, même. Elle aimait danser et elle aimait pouvoir choisir des chansons qui correspondaient à son humeur. En quelques soirées elle gagnait presque autant que les blondes.

Une semaine plus tard elle est rentrée avec Rolando.

Il habitait à quelques pâtés de maisons du club dans une partie du nord de Philadelphie où le quartier se transformait, et où on se débarrassait des gens comme lui. Le Comité de libération conditionnelle lui avait trouvé une place dans une usine de recyclage et avec son maigre salaire il ne pouvait plus se permettre de vivre là où il avait grandi. Corina se rappelait que les rues autour de chez lui étaient bourrées de carcasses rouillées de Toyota et de Chevrolet aux vitres brisées et sans enjoliveurs. Maintenant c'était des Mercedes, des BMV et des SUV Lexus rutilants. Son vieil appartement était agréable, il avait du style et on s'y sentait bien, mais il lui a expliqué que son loyer allait doubler l'année suivante et qu'il devait trouver un nouvel endroit où vivre.

Corina adorait visiter les lieux où les gens avaient décidé d'habiter. On peut tout savoir de quelqu'un au bout de quelques minutes chez lui. Le lit était fait ? Oui. Il était organisé et il préparait l'avenir. Il était propre ? Oui. La prison lui avait donné de bonnes habitudes.

Il y avait des reproductions sur les murs ? Oui, il était sensible. Des photos ? Une photo en noir et blanc de sa maman. Il s'intéressait aux gens. L'appartement était celui de quelqu'un de bien.

Dès qu'elle s'est assise sur le canapé, un vieux chat gris et râpé avec une oreille déchirée est venu s'asseoir sur ses genoux et s'est mis à ronronner. «Attention à tes doigts», lui a dit Rolando en lui apportant une bière du frigo. Elle a ri.

Ils sont montés sur le toit, ils ont regardé la circulation et les toits de la ville, ils ont entendu les sirènes et quelques coups de feu. Rolando avait fait partie d'une bande jusqu'à ce qu'il aille en prison pour quatre ans, et après sa sortie il était devenu un sans-abri drogué à l'héroïne pendant cinq ans, puis il avait fait une tentative d'assassinat et était retourné en prison pour dix-sept ans de plus. Il lui a parlé de ses doigts manquants. Il avait perdu l'auriculaire dans un accident de bicyclette quand il était enfant, et l'annulaire, il ne savait pas comment. Il s'était réveillé à l'hôpital après avoir reçu des coups de couteau, et la première phalange de l'annulaire avait disparu. Il ne pensait pas que les types qui l'avaient attaqué auraient fait ça, ce n'étaient que des membres d'un autre gang de rue. Il croyait que l'hôpital était responsable, mais n'a jamais pu expliquer ni pourquoi ni comment.

Il avait cinquante-cinq ans, et bien qu'il ait passé presque la moitié de sa vie en prison, Corina trouvait qu'il était le premier homme honnête qu'elle ait jamais fréquenté. C'était un amant lent, silencieux et attentionné. Ça lui plaisait que les autres semblent le trouver menaçant et personne n'avait l'air de comprendre pourquoi elle était avec lui.

Un soir une des danseuses lui a dit: «Regarde-toi, ma fille, tu es belle. Pourquoi tu restes avec lui? C'est un sale vieux criminel avec des dents pourries et un boulot de merde.» Elles trouvaient qu'elle avait une piètre estime d'elle-même, ou quel que soit le nouveau terme psychologique qu'elles apprenaient dans les cours qu'elles suivaient. Sa mère n'était pas mieux. «Pour l'amour du ciel, Corina, qu'est-ce que tu fais avec lui?» Tout ça ne comptait pas. Elle était heureuse pour la première fois de sa vie.

Au lit, Rolando essayait parfois de lui parler de son père, mais elle l'interrompait toujours. Elle ne voulait pas savoir. Il avait été condamné à perpétuité pour meurtre, incarcéré quand Corina avait cinq ans, et elle préférait l'imaginer mort. Elle oubliait parfois que Rolando le connaissait. «Une autre fois», disait-elle.

Rolando était toujours heureux quand il était avec elle, mais elle a remarqué que parfois il se taisait et regardait par la fenêtre. En quelques semaines il s'est de plus en plus renfermé. Et un soir il ne s'est pas montré au club. Corina a su immédiatement que quelque chose n'allait pas. Un des videurs à temps partiel, un flic, est arrivé en uniforme et elle a senti son cœur battre la chamade en le voyant. Elle avait compris. Overdose d'héroïne dans un parking de Kensington. Il avait pris la même quantité qu'autrefois quand il était un junkie, a expliqué le flic, beaucoup d'ex-drogués le font. Le cœur s'arrête. Sans douleur.

Les coquilles ne se réparent pas.

À son enterrement il n'y avait qu'elle et le prêtre. Elle n'a pu trouver aucun de ses parents, et ses amis étaient tous sous les verrous ou morts. Elle a adopté son chat, mais il est mort une semaine plus tard et il ne lui est rien resté de lui que les factures de l'enterrement et des souvenirs.

Et un mois plus tard elle a rencontré Grolsch. Tout en sachant qu'elle faisait une erreur et parce qu'il avait beaucoup insisté, Corina a fini par lui donner son numéro de téléphone, ce que les danseuses ne devaient pas faire. Les gens ont été ravis pour elle. Sa mère était en extase. Il était diamétralement opposé à Rolando. Cette fois c'était quelqu'un qu'on pouvait imaginer avec elle et pour longtemps. Un des videurs lui avait dit qu'il était dans les Forces spéciales et lui avait expliqué ce que ça représentait. Il était le meilleur des meilleurs. Il était beau et jeune et en pleine ascension. La seule chose que Corina aimait vraiment chez lui au début était qu'il ne se droguait pas et ne l'avait jamais fait.

Elle frappe à la porte de Jim et elle est surprise qu'il ouvre aussitôt.

« Hé », dit-il gaîment mais il remarque immédiatement son humeur. « Qu'est-ce qui se passe ? »

Corina allait dire : « Je suis désolée de vous déranger » ou quelque chose d'aussi poli qui retarderait la demande d'argent finale, mais rien ne lui vient. Elle ne peut que le regarder sans aucune expression, incapable de parler.

Jim ouvre grand la porte. « Il vous a encore pris tout votre argent ? »

Corina ne répond pas, elle se tient sur le seuil, en colère.

« Entrez. »

Elle entre et Jim ferme la porte. « Où est-il ?

— Il a dû aller à un rendez-vous à l'Association des vétérans. »

Jim indique le canapé et elle s'assoit, puis il va dans sa chambre et revient avec une liasse de billets de cent, sous une bande en papier. Il la lui tend.

« Voilà mille », dit-il.

Corina soupire. « Je n'ai pas besoin de tout ça.

— La dernière fois vous n'en aviez pas besoin non plus. » Il lui adresse un sourire chaleureux. « Prenez-le. » Elle le prend. « Merci », dit-elle doucement. Elle a la sensation de devoir s'expliquer, le convaincre qu'elle ne cherche pas à escroquer son voisin au grand cœur, et les mots se mettent à se bousculer. « À la minute où l'armée verse de l'argent sur le compte il le retire, explique Corina. Tout. Il n'y a plus rien maintenant. Je n'ai aucune idée de ce qu'il fait avec. Jamais... » Sa voix grimpe avec l'exaspération et elle sent qu'elle va fondre en larmes, et Jim la regarde avec sympathie. Elle ne pleure pas devant les autres, sauf devant sa mère. Ça n'arrivera pas. Elle refoule ses larmes.

« Tout va bien, dit-il. Vous voulez du café ? »

Elle regarde la pièce. « Comment ça se fait que vous n'ayez pas de photos ?

— Des photos de quoi ?

— De gens. De votre famille. De vous. De n'importe qui. » Elle est consciente d'avoir l'air mécontent, ce qu'elle est réellement, mais pas à cause de la décoration murale de Jim. Elle change rapidement de sujet et essaie de radoucir sa voix. « Excusez-moi.

— Vous n'avez à vous excuser de rien. » Il regarde la pièce à son tour. « Je ne sais pas. Je suppose que je n'ai jamais pensé à les sortir. »

Elle se lève. « Je vous rembourserai dès que je pourrai régler cette affaire. Je suis vraiment... » Elle allait encore dire qu'elle était désolée et elle s'interrompt parce qu'elle est fatiguée de s'excuser d'essayer simplement de se nourrir elle et son fils. «Merci encore.

– Prenez soin de vous.

– Je vous ferai à dîner un soir quand je serai de nouveau libre.

– Ce serait bien. J'aime beaucoup la cuisine mexicaine.»

Elle le regarde d'un air perplexe. Elle ouvre la porte et se retourne. «Un instant, vous pensez que je suis mexicaine?»

Jim paraît horrifié. «Je... euh... Je n'y avais pas réfléchi. Je veux dire... vous ne l'êtes pas?»

Elle lui lance un regard glacial en se délectant de son embarras, puis elle se permet un léger sourire. «Je suis portoricaine, idiot.» Elle brandit la liasse de billets pour le remercier encore. «Je vous ferai de la cuisine por-to-ri-caine. Ça vous va?»

Jim acquiesce et elle ferme la porte derrière elle avant qu'il puisse la voir pouffer toute seule.

13

Kyle se dit que loin de l'Afghanistan Grolsch serait peut-être un type sympathique et raisonnable. Il y en a des comme ça, chiants en zone de combat et bons copains chez eux. Il a connu un sergent de ce genre en Irak. Le mec l'avait tourmenté pendant tout le temps où ils avaient patrouillé autour de Bagdad, mais quand Kyle l'a retrouvé à Fort Bragg il s'est comporté comme s'ils étaient les meilleurs amis du monde. Si Grolsch est comme ça il n'y aura pas de problème.

Kyle prépare son sac en réfléchissant aux résultats possibles de son voyage.

Dans le meilleur des cas, Grolsch sera content de le voir à Philadelphie. Il s'excusera de l'avoir traité de pédé, il dira qu'il est prêt à témoigner devant la commission d'enquête, à prendre toute la responsabilité en tant que partenaire senior dans la mission et à déclarer avoir demandé à Boggs de mentir sur le formulaire. Ensuite Grolsch purgera sa peine et se retirera quelques années en Arctique. Le service en Arctique est solitaire, froid et sinistre, mais sous certains aspects c'est mieux que l'Afghanistan. D'après ce qu'il a entendu dire, vous y passez beaucoup de temps à faire des mots croisés et des sudokus et vous revenez vivant. Lui-même se fera taper sur les doigts, il sera peut-être astreint à du travail social pendant quelques mois puis tout rentrera dans l'ordre. Ce sera sa première infraction au bout de sept ans de service exemplaire.

Kyle sait que ça n'arrivera pas. Ça n'arrivera pas parce que Grolsch est une tête brûlée. Il voudra prendre le risque de mentir pour se tirer d'affaire, parce que si Kyle raconte la même histoire que lui et qu'ils s'y tiennent, l'enquête conclura qu'ils ne sont pas coupables. C'est le résultat que recherche Grolsch, et il est prêt pour ça à sacrifier leurs deux carrières.

Dans le deuxième meilleur des cas, Kyle est blanchi, il a raconté toute la vérité, Grolsch est expédié en Arctique et Kyle retourne à la 159ᵉ, et on ne reparlera plus jamais de sa sexualité. Ou si Grolsch le fait, tout le monde s'en foutra. Techniquement, ça n'est plus un problème. Désormais l'homosexualité est légale. Bien sûr, pour un médecin sur une base en Californie ça n'en est pas un, Kyle le sait, mais dans les Forces spéciales ça n'est vraiment pas un plus dans une carrière. La dénonciation de Grolsch passera peut-être inaperçue, ne sera enregistrée nulle part, et on oubliera tout ça.

Mais ça non plus n'arrivera pas. Pourquoi Grolsch n'utiliserait-il pas le seul moyen de pression dont il dispose ?

Le troisième scénario possible serait que Grolsch fasse une déclaration écrite disant que Kyle est homosexuel et lui a fait des avances pendant qu'ils étaient en mission. Et elle figurerait dans son dossier aussi longtemps qu'il resterait dans l'armée. Ils seraient tous les deux expédiés en Arctique pour qu'on ne les voie plus jusqu'à la fin de leur carrière et que l'armée puisse prétendre qu'ils n'ont jamais existé. Kyle voit très bien ça arriver.

Il prend le pistolet M1911 du père de Madison dans le tiroir où elle l'a rangé et il le regarde. Il n'a pas été nettoyé depuis l'époque du Vietnam et les balles qu'il contient sont vieilles. Il devra le nettoyer, le graisser, acheter de nouvelles munitions et l'emporter pour faire des essais.

Le pire des scénarios serait que Grolsch se comporte encore et toujours comme un sale con, que Kyle lui tire une balle dans la tête avec l'arme du père de Madison et qu'il essaie de faire passer ça pour un suicide. Fin de l'histoire. Et s'il ne se faisait pas prendre, ce serait en fait le meilleur des scénarios.

C'est en tout cas le plus vraisemblable. Kyle met le M1911 dans son sac. Il se rappelle le petit sourire que lui a adressé Grolsch dans l'hélicoptère, ce sourire qui disait « tu ne pourras jamais le faire ».

Ça n'était simplement pas le bon moment.

Madison revient et jette sur le lit deux téléphones encore dans leur emballage en plastique. « Quatre-vingts foutus dollars pièce, dit-elle, je croyais que les téléphones prépayés étaient bon marché.

– Tu as payé en liquide, n'est-ce pas ? » Il attrape un des téléphones et essaie de déchirer le plastique. Il se tourne vers elle. « Il nous faudrait des ciseaux. »

Madison sort des ciseaux comme par magie et les lui tend. C'est une chose qu'il commence à apprécier chez elle, le fait d'être toujours synchro. Au lycée elle n'aimait pas étudier, elle n'aimait pas lire, mais elle avait une intelligence que la plupart des gens n'ont pas. Compétence est le mot utilisé dans l'armée.

« Bien sûr, répond-elle gaîment. Et je suis allée jusqu'à Tacoma. Et j'ai relevé mes cheveux et mis des lunettes de soleil et une casquette de base-ball pour les caméras de sécurité du magasin. » Elle met la casquette, visière baissée, les lunettes et le regarde en se tordant. Il lui sourit.

Le plan est une idée à elle et Kyle se rend compte qu'elle ne plaisante pas. Il sort le pistolet de son sac et le lui montre. « Je dois le nettoyer et il faudra de nouvelles munitions.

– Nous en trouverons en route. Ensuite, le mieux est de tout jeter en revenant, d'acheter les munitions dans différents magasins et d'en utiliser une partie sur un champ de tir par exemple. On peut retrouver le numéro des lots sur les douilles.

– Seigneur, Maddie. » Kyle rit d'admiration. « Tu as préparé un truc de ce genre toute ta vie ? »

Elle a l'air contente. « Quand tu es coincée chez toi avec un petit garçon malade tu regardes beaucoup de polars à la télé. » Elle jette la casquette de base-ball et les lunettes sur le lit. « Du poisson pour dîner, ça te dit ? Saumon du Pacifique.

– Du saumon du Pacifique ? Vraiment ? » Que Madison ait complètement changé de manière de s'habiller l'a impressionné, mais voilà qu'elle devient raffinée aussi dans la cuisine. Il est loin le temps où elle cramait le poulet dans un vieux four. « C'est super.

– Janine m'a montré comment le préparer. Peut-être avec une sauce à la crème et au basilic et des légumes ? » Elle remarque l'expression respectueuse de Kyle et fait un geste de dénégation. « Allons, mon vieux, je ne suis pas un chef. J'ai seulement acheté la sauce et les légumes au magasin. Comme nous allons nous absenter pendant dix jours, il vaut mieux liquider ce qu'il y a dans le frigo avant de partir.

– Très bien. » Elle fait même attention aux petits détails, pense Kyle, pour qu'il n'y ait rien en train de pourrir dans le frigo à leur retour.

Le plan de Madison consiste à aller en voiture à Chicago (deux jours), y passer deux jours en touristes puis envoyer leurs téléphones chez eux et n'utiliser que les prépayés. Ensuite aller en voiture à Philadelphie (une longue journée), rendre visite à Grolsch, s'assurer qu'il fait ce qu'il faut, puis rentrer à la maison en voiture (quatre jours). Pas d'hôtels à l'est de Chicago, parce que c'est leur prétendue destination. L'histoire étant qu'ils sont partis visiter Chicago une semaine.

S'assurer que Grolsch fasse ce qu'il faut est la partie qui réclame un M1911 nettoyé et graissé, et assez de balles neuves. Ils ne savent pas exactement comment cet épisode va se dérouler, mais le plan est d'être prêts au pire.

« Tu crois que nous devrions acheter des couches ? demande Madison.

– Des couches ? Pour Davis ? Il n'est pas un peu vieux pour ça ?

– Pour nous. Pour nous éviter de devoir aller dans des magasins ouverts la nuit ou des stations de routiers. Ils ont des caméras de sécurité. »

Kyle prend un air dégoûté. « Quoi ? Faire ça dans la voiture ? Dans une couche ? »

Madison hausse les épaules. « Rappelle-toi cette femme astronaute, il y a quelques années ? C'était dans les journaux. C'est ce qu'elle faisait.

– Si c'était dans les journaux, c'est qu'elle s'est fait choper. En plus, je refuse de chier dans une couche. On peut aller dans les bois et creuser un trou, comme à l'armée.

– Beurk, c'est dégoûtant.
– Les couches sont bien plus dégoûtantes. »

Madison rit et hausse les épaules. « D'accord, on fera comme tu voudras. N'oublie pas d'emporter une truelle ou quelque chose pour creuser un trou. » Elle retourne à la cuisine. « Je vais m'occuper du saumon. »

14

Corina travaille de nouveau dans la boîte de strip-tease.

Forcément. Il n'y a pas d'autre explication.

Grolsch a vidé leur compte bancaire quand il était à Dubaï et elle n'a rien dit. C'était déjà assez bizarre. Mais bon pour lui puisque ça lui a évité la corvée d'une explication à la con. Mais ensuite il a pris quatre cents dollars dans son tiroir à sous-vêtements et elle n'a rien dit non plus. Est-ce qu'il a la femme la plus passive, la plus docile de la Terre ? Certainement pas. Elle touche donc de l'argent de quelque part et ça ne vient pas de lui. Et elle le touche en liquide : ça ne peut vouloir dire qu'une chose.

Grolsch téléphone au club de strip-tease et une jeune femme polie répond. Il demande à parler à Corina. *Je regrette, aucune personne du nom de Corina ne travaille ici.* Il la traite de sale menteuse et raccroche, puis il va prendre une bière dans le frigo. Il n'en reste plus. Il attrape ses clés et sort en se heurtant presque au vieux d'à côté qui monte l'escalier. Le type dit bonjour ou quelque chose et Grolsch grogne en le croisant sans ralentir.

Dehors il commence à pleuvoir. En Afghanistan il aimait bien la pluie, elle le faisait se sentir propre, mais en ville la pluie est différente. En ville elle fait chuinter les voitures sur l'asphalte et elle est trop bruyante. Il y a trop de bâtiments, trop de fenêtres qui donnent sur la rue. Pourquoi diable Corina a-t-elle choisi un appartement ici alors que ses parents ont une chouette ferme dans le Michigan où il n'y a pas de constructions sur trois cents acres ? Ah, mais bien sûr, parce qu'ici il y a des clubs de strip-tease où tu peux montrer tes nénés à des étrangers moyennant quelques dollars. Comment pourrait-il l'oublier.

Il fait irruption dans le magasin et la porte claque derrière lui. Il sursaute. Cy, le vieux type derrière le comptoir que Corina aime bien pour une raison quelconque, le regarde avec étonnement se diriger vers l'armoire réfrigérée. Grolsch examine soigneusement les bières en essayant de décider laquelle prendre et Cy demande : « Je peux vous aider ? »

Grolsch ne réagit pas. Il lève la tête et remarque une télé fixée au plafond où il se voit debout à côté de l'armoire réfrigérée. Il se regarde un instant et s'aperçoit qu'il tangue légèrement, comme le ferait un ivrogne. Il a déjà bu combien de bières ? Seulement six, puisqu'il a acheté un pack la veille et l'a entamé vers l'heure du déjeuner. Plus une demi-fiasque de bourbon plus tôt. C'est pas si mal. Il n'est pas ivre, la télé a probablement une image défectueuse.

Il regarde ces bières depuis combien de temps ? Pas longtemps. Trente secondes peut-être, tout en écoutant le ronronnement sourd de la machine. Il ouvre l'armoire et prend le pack d'en haut, une brasserie locale, rien que pour que le type ne se repropose pas de l'aider. Il pose le pack sur le comptoir.

Cy le prend avec un sourire amical, sort une bouteille et la passe six fois sur le scanner avant de la remettre dans le pack. « Neuf cinquante, s'il vous plaît. »

Grolsch tire de sa poche quelques-uns des billets de vingt qu'il a trouvés dans le tiroir de Corina, les tripote maladroitement et en tend enfin un. Pendant que Cy prépare la monnaie Grolsch regarde un des billets qu'il tient encore à la main. Il a l'air tout neuf comme s'il sortait de la Banque centrale, mais en même temps il a quelque chose de vieux. Il n'a rien de ces machins anti-contrefaçon qu'on met maintenant. Quel est le mot ? Des hologrammes ? Il le regarde encore une seconde et remarque la mention SÉRIE 1989.

Il tient un billet de vingt qui a l'air de n'avoir jamais servi et qui a plus de trente ans. Bizarre. Il vérifie l'autre billet qu'il a à la main, même série. Il en sort plusieurs. Tous les mêmes. Il remarque que les numéros se suivent, comme si les billets étaient neufs.

« Hé, regardez ça », dit-il à Cy en levant le billet. Il sent soudain le monde vaciller, le magasin se met à tourner sur son axe et Grolsch se rend compte qu'il est plus ivre qu'il ne pensait. « Ces billets sont... ils sont tous pareils. »

Cy a un sourire aimable. « C'est une bonne chose », dit-il. Il ferme la caisse enregistreuse et ajoute : « Bonne journée. »

Il veut se débarrasser de moi, pense Grolsch. Je suis devenu le type qui titube complètement soûl en essayant de faire comme s'il ne l'était pas. Il repense au gars de la CIA, Mike Witt, qu'il a rencontré à Dubaï. Celui qui a dit accidentellement que son guetteur était gay, parce que Grolsch savait que Mike Witt l'était, sauf que Mike Witt ne savait pas qu'il le savait. Pourquoi est-ce qu'il pense à Mike Witt ? Ah oui, parce que

Mike Witt était un alcoolo qui essayait de le cacher. Seigneur, Dubaï semble à des années-lumière. Le capitaine Sullivan l'aimait en ce temps-là. Sa femme l'avait aimé autrefois. Vraiment?

«Vous connaissez ma femme?» demande Grolsch qui se rend vaguement compte que sa voix est beaucoup plus forte qu'il ne le souhaite. Cy Fischer le regarde perplexe. «Elle montre ses nénés à des types pour de l'argent.»

Cy reçoit cette information avec un hochement de tête pensif. «Je peux vous servir autre chose?» demande-t-il.

Grolsch se sent soudain exposé. Il est devant la caisse avec ses bières depuis un bon moment. Il n'aime pas être dehors. Il veut rentrer chez lui où il fait chaud et où on n'entend pas le chuintement des voitures sur l'asphalte. Il veut retourner en Afghanistan où il a le pouvoir de mettre un terme à la vie, tant qu'il le fait à leur façon. Là-bas il compte. Ici c'est un mari merdique avec un gosse qu'il terrifie.

Grolsch émet un grognement de dégoût et sort avec son pack de bières, puis il reste devant la porte sous la pluie. La pluie a chassé tous les piétons et l'a laissé seul sur le trottoir à l'exception d'une silhouette qui s'approche. Il cligne des yeux pour mieux voir et reconnaît le vieux de l'appartement d'à côté, celui qu'il a croisé dans l'escalier un peu plus tôt.

Le type lui fait un signe de tête et Grolsch s'aperçoit qu'il bloque l'entrée du magasin de Cy et que le vieux veut entrer.

«Hé, fait Grolsch.

– Hé», fait Jim sans aucune expression. Grolsch ne bouge pas, il se demande ce que le vieux va faire et continue de le regarder. Jim finit par essayer de le contourner et Grolsch se tourne légèrement pour le bloquer et il rit comme s'il venait de faire une bonne blague.

Il sort les billets de sa poche, il essaie de retarder encore plus son voisin. Il crie: «Regardez. Ces billets sont tous de 1989.»

Le vieux surprend Grolsch en les regardant. «C'est votre femme qui vous les a donnés?»

Merde alors! Comment il sait ça? Grolsch est tellement estomaqué qu'il fait un pas en arrière et Jim en profite pour entrer dans le magasin. Grolsch reste sous la pluie en se posant des questions sur ce qu'a dit le type. Comment est-ce qu'il sait ça? Il a mis des caméras dans leur appartement? Il connaît Corina? Elle ne travaille peut-être pas au club de strip-tease. Elle baise peut-être avec les voisins pour se faire du fric. Maintenant qu'il y pense il n'y a pas une boîte de strip-tease qui paie avec des billets de vingt dollars tout frais dont les numéros se suivent. L'argent vient d'ailleurs.

Grolsch se retourne et regarde à travers la vitre le vieux qui circule dans le magasin et bavarde une minute avec Cy. Il imagine qu'ils parlent d'appeler les flics à cause de l'ivrogne sur le trottoir. Merde. Il verra ça plus tard. Il a six bières de plus et l'appartement pour lui tout seul pendant deux heures encore, jusqu'à ce que Corina revienne de chez sa mère. Il trébuche en faisant le premier pas, retrouve vite l'équilibre et parcourt le reste du chemin comme s'il était complètement à jeun, en essayant d'ignorer le chuintement des pneus sous la pluie.

Jim sait qu'il y a un problème.

D'abord, préparer le dîner, ensuite régler le problème.

Il commence à déballer ce qu'il a rapporté de chez Cy Fischer, puis allume la télé pour avoir un bruit de fond pendant qu'il prépare le dîner. Un juge de télé crie sur de malheureux adolescents qui se poursuivent mutuellement à la suite d'une rupture sentimentale. Jim change de chaîne. L'animateur d'un talk-show est sur le point de révéler si un malheureux adolescent, semblable mais différent, est le père de l'enfant de sa malheureuse jeune épouse. Il change encore de chaîne. Des flics traînent un malheureux sans chemise hors d'un mobile home qu'il partageait avec son ex-épouse. Qui a pu penser que c'était un arrangement tenable de vivre de cette façon ? se demande Jim. Ensuite, des femmes victimes d'un chirurgien esthétique se disputent dans une belle maison. Et ça n'arrête pas. Drame, colère, bouleversement. Jim opte pour un documentaire sur les lions de mer, mais même eux se battent.

S'il s'était jamais fait des amis de son âge, Jim sait que la télé aurait été le seul sujet sur lequel ils se seraient accordés. Comme à peu près tout, c'est devenu de la merde, mais contrairement à la plupart des choses, les gens en paraissent satisfaits. Jim comprend que la télé avec laquelle il a grandi n'avait rien d'extraordinaire, des scénarios usés avec des policiers qui réglaient des affaires criminelles artificielles, des comédies identiques montrant des familles qui se conduisaient toutes de la même manière, où seuls les Blancs avaient une voix, et où la voix chantait toujours la même chanson. Mais elle était paisible, elle avait un effet calmant, comme un baume sur les plaies ouvertes par la vie quotidienne. La télé d'aujourd'hui cherche l'effet contraire. Elle est là pour vous faire écumer de rage, arracher les pansements de ces mêmes blessures et exposer celles-ci au monde entier.

Il se rejoue la scène avec le mari de Corina. Le type a essayé de l'intimider. Pourquoi ? C'est peut-être une brute par nature. Il en a l'allure. Un soldat frénétique avec un cerveau d'amibe qui cherche la bagarre et ne sait pas quoi faire s'il n'en trouve pas. Comment Corina a-t-elle fini avec ce clown ?

Son esprit revient sur le problème. *Ces billets sont tous de 1989.* C'est ce qu'a dit ce connard d'ivrogne.

Jim s'aperçoit qu'il est devenu paresseux. Il a donné à Corina des billets qu'il n'avait pas préalablement mélangés. Ils sont tous de la même année, les numéros de série se suivent peut-être, pense-t-il. Comment c'est arrivé ? Jusqu'ici il pensait toujours à mélanger les billets. Pendant des années il a emporté quelques centaines de dollars à la fois dans les casinos d'Atlantic City, acheté des jetons puis reçu des billets différents en paiement de ses jetons. Le jeu n'a jamais été un de ses vices. Il passait le temps en se promenant sans but dans le casino et en regardant des hommes ivres fumer à la chaîne et perdre leur salaire hebdomadaire tandis que de charmantes créatures en minijupe les abreuvaient en alcool. Il s'étonnait de la laideur de tout ça.

Il y a quelques mois il s'est essayé au black jack. Il a perdu deux cents dollars en dix minutes. Il a espéré que cette perte satisferait la sécurité de l'établissement qui aurait pu remarquer qu'il déambulait dans le casino sans jouer. Il l'a considérée comme frais de blanchiment.

Dernièrement, il a cessé de blanchir l'argent dans les casinos, d'abord parce qu'il devenait paranoïaque à l'idée que la sécurité remarquerait qu'il achetait des jetons sans jamais jouer, mais surtout parce que les casinos le déprimaient. Même les casinos très chics puaient le désespoir. Il a cessé de prendre des précautions et maintenant il vient de donner à Corina des billets d'une même série, parce qu'il est devenu paresseux. Et son abruti de mari l'a remarqué.

Jim enlève le couvercle de la casserole où l'eau a commencé à bouillir et il y jette deux poignées de linguines. Avec encore un coup d'œil à la télé il enfonce les pâtes raides dans l'eau où elles ramollissent rapidement.

Un des lions de mer a gagné la bataille et il est récompensé par un harem de partenaires, tandis que le vaincu se glisse dans les vagues, couvert de blessures. Une bande d'orques commence à encercler l'infortuné lion de mer et Jim éteint la télé.

Il retourne dans sa chambre et ouvre le placard. Il appuie fortement le pouce sur un endroit du mur du fond et un petit carré d'environ quinze centimètres de côté se détache. Il tire dessus avec précaution, faisant apparaître la structure en bois et la brique poussiéreuse du mur du bâtiment. Il passe la main dans le trou et plonge le bras aussi loin que possible. Le bout de ses doigts atteint le haut d'un sac en plastique, il l'attrape et le remonte.

Il vide le sac sur son lit et se mord la lèvre. Il compte huit liasses. Il en reste huit dans ce sac, et seulement deux autres sacs dans le mur. Huit liasses de billets de cent dollars, cent billets par liasse, quatre-vingt mille dollars. Il prend une liasse et examine les billets. Il y en a de 2006, 1999, 2004, 2014. Parfait. Ils ont été convenablement blanchis et mélangés. Il prend une autre liasse. Numéros et années disparates. Très bien. Il examine deux autres liasses en les jetant dans le sac au fur et à mesure. Pas de problème non plus. Après tout il n'est peut-être pas aussi paresseux que ça. Il vérifie les quatre liasses qui restent et les jette dans le sac. Tous blanchis. Comment diable Corina s'est retrouvée avec de l'argent sale ?

Il remarque une liasse au fond du sac. C'est une liasse de billets de vingt.

Merde. Ce sont des billets de vingt qu'il a donnés à Corina, pas de cent. La première fois qu'elle lui a demandé un prêt il a attrapé ces foutus billets de vingt. Cinquante par liasse, mille. Il n'a jamais pensé à blanchir les billets de vingt parce que les gens n'y font jamais très attention. Vous pouvez donner des billets de vingt et les caissières ou les vendeuses les rangent dans leur caisse sans les regarder. Il n'est pas devenu paresseux, il a été distrait, par deux grands yeux marron et de longs cheveux noirs.

Il referme le sac et le jette dans le trou, il atterrit avec un petit bruit sourd sur les autres sacs du fond. Il remet soigneusement le panneau en place et referme la porte.

Voilà, se dit-il furieux contre lui-même. Voilà ce qui arrive quand on laisse entrer des étrangers chez soi.

15

« Nous arrivons à un péage », dit Madison. Elle met sa casquette de base-ball noire et ses lunettes de soleil, bien que le soleil se montre à peine au-dessus des collines. Les péages ont des caméras de sécurité qui photographient aussi les plaques d'immatriculation, mais avant de quitter l'hôtel de Chicago au milieu de la nuit ils ont recouvert le pare-chocs arrière avec assez de boue pour rendre la plaque illisible.

Kyle, sur le siège du passager, plonge sous le tableau de bord et met une couverture sur sa tête. Il demande : « Tu peux voir avec ces trucs ?

— Pas de problème. » Elle prend le ticket et l'insère ensuite dans la fente, consciente de la présence de la caméra, elle garde la tête baissée et détourne le regard. Elle accélère doucement en quittant le péage et entre sur l'autoroute vide en passant devant un panneau annonçant « Bienvenue en Pennsylvanie ».

Kyle se rassoit sur le siège du passager. « Tu veux que je conduise pour que tu puisses dormir un peu ?

— Tu pourras conduire au retour. Pourquoi tu ne te reposes pas un peu maintenant ? »

Kyle regarde le siège arrière où Davis ronfle. « Ça ira. »

Ils ont passé trois jours à Chicago et Madison a été ravie de voir que Davis et Kyle s'entendaient bien. Elle a remarqué qu'il était à l'aise avec les enfants, même en ayant passé peu de temps avec eux. Davis, quant à lui, paraît content d'avoir un homme auprès de lui. Dans la file d'attente pour monter au sommet de la Sears Tower, Madison a regardé leur reflet sur le mur en glace du couloir et elle s'est dit qu'ils avaient l'air tous les trois d'une famille.

« C'est joli », dit-elle en regardant la riche terre agricole, les vieilles maisons de pierre. La campagne au Texas est un tas de broussailles sèches et de vire-voltants, et les constructions que l'on peut voir de l'autoroute sont d'énormes caravanes et des cabanes de métayers, généralement dans un état lamentable. Le soleil qui apparaît à l'horizon lui apporte une bouffée d'enthousiasme et de bonheur et elle se tourne vers Kyle qui essaie de s'installer assez confortablement pour dormir. « Je suis contente que nous ayons fait ça. »

Kyle sourit sans ouvrir les yeux et lui met la main sur l'épaule. « Moi aussi », dit-il ensommeillé. Il pousse un profond soupir. « Ne roule pas trop vite. Mets le contrôle de vitesse au-dessous de la vitesse limite pour qu'on ne se fasse pas arrêter. Ça ficherait tout en l'air.

– Je sais », répond-elle en prenant un air vexé. Il sourit.

Ils passent devant un panneau indicateur. *Philadelphie, 518 kilomètres.*

« On devrait y être à midi », dit doucement Madison, et Kyle acquiesce dans un grognement avant de s'endormir.

Corina prépare Dylan pour la garderie, elle lui met un vieux T-shirt bleu pâle et cherche ses chaussures. Elle n'est pas étonnée que malgré les dix heures passées seul hier, son mari n'ait pas fait la vaisselle, rien nettoyé, pas sorti la poubelle ni rangé les chaussures près de la porte. En fait, à l'exception de l'odeur de tabac froid et d'une poubelle pleine de bouteilles de bière, tout est exactement dans l'état où elle l'a laissé en partant.

Corina a envie de demander à Grolsch s'il a vu les chaussures de Dylan, mais elle a peur d'une réponse sarcastique ou de sa colère. Il est assis tranquillement sur le canapé où elle imagine qu'il a passé la nuit, et où il restera probablement toute la journée, et il la regarde avec une intensité effrayante. Son instinct lui dit que ce n'est pas le moment de lui parler et qu'il vaut mieux emmener son enfant à la garderie pieds nus, ou lui acheter de nouvelles chaussures avec un des billets de cent dollars que lui a donnés Jim plutôt que de lui poser une simple question. Quand elle trouve finalement une des chaussures coincée sous un radiateur et l'autre sauvagement mâchouillée dans le panier du chien elle se décide pour la deuxième solution. Elle met la laisse au chien et fait signe à Dylan de la suivre, mais Dylan regarde ses pieds toujours en chaussettes.

« Pas de chaussures, dit-il chagriné.

— Nous en achèterons des neuves. Viens, trésor, la voiture est à quelques pas. »

Grolsch regarde tranquillement la scène. Quand il est ivre et qu'il déraille, Corina le sent tout à fait inoffensif, mais ses silences sont une nouveauté, et elle n'est pas agréable.

Dylan se met à pleurer. Il crie : « Je veux pas des chaussures neuves. Je veux mes chaussures !

— Allons, Dylan, dit-elle en essayant de garder une voix calme, nous t'achèterons de belles chaussures. Quelle couleur te plairait ? Tu en veux des nouvelles avec de la lumière qui clignote ? » Hier, au jardin, Dylan a admiré les chaussures d'une petite fille qui avaient, dans les semelles, des lumières qui s'allumaient quand elle dansait. « Nous achèterons celles-là.

– S'il pleure, c'est peut-être parce que sa mère est une pute », dit tranquillement Grolsch toujours sur le canapé.

Corina sent un frisson la parcourir. Décidément, il y a quelque chose qui ne tourne pas rond chez lui ce matin. Sa colère tous azimuts se répand généralement tout autour de lui, mais aujourd'hui elle paraît menaçante et dirigée contre elle. Elle ouvre la porte et, à son grand soulagement, Dylan se précipite vers elle en marmonnant à propos de marcher en chaussettes.

« Tu vas baiser avec le voisin d'à côté aujourd'hui ? » demande Grolsch comme s'il parlait du temps qu'il fait. Tandis qu'elle ouvre grand la porte et que le chien sort en courant et en tirant sur sa laisse, elle remarque que Grolsch brandit la liasse de billets de vingt qu'il a prise dans son tiroir à sous-vêtements.

« Viens, bébé », dit-elle à Dylan qui la suit. Elle le pousse un peu et il proteste avec un cri perçant. Elle claque la porte derrière elle et prend la main de Dylan pour essayer de le faire descendre rapidement l'escalier, mais il insiste pour tenir la rampe d'une main et descendre deux marches à la fois. Oh, mon Dieu, pas ça encore une fois, pense sa mère.

« Dylan, on doit y aller, dit-elle en essayant de ne pas paniquer.

– J'ai pas de chaussures », crie Dylan exaspéré. Deux marches de plus. Puis il s'arrête.

Corina ne quitte pas des yeux la porte qu'elle vient de fermer, elle s'attend à ce qu'elle s'ouvre violemment, à voir son mari brandissant une arme en haut de l'escalier. Dylan, qui ne pense plus qu'à ses efforts pour descendre l'escalier, commence à fredonner le thème d'un super-héros de dessin animé en descendant de nouveau deux marches à la fois.

Elle entend le bruit d'une porte qui s'ouvre et elle gémit de peur. Elle arrache Dylan de la rampe et l'emporte comme un sac de pommes de terre en ignorant ses cris de protestation et saute les trois dernières marches d'un bond. Elle lève la tête.

« Hé », dit Jim. Il ferme sa porte et descend, il s'arrête presque au pied de l'escalier en remarquant son expression. « Qu'est-ce qui se passe ? »

Corina souffle, soulagée. Comme le chien tire sur sa laisse et gratte la porte de la rue elle fait signe à Jim de la suivre dehors. Elle pose Dylan par terre et ils sortent, Dylan marchant docilement derrière sa mère.

« Où sont tes chaussures, petit bonhomme ? » demande Jim.

Elle lui prend le bras. « Oh, mon Dieu, je le quitte. Il me terrorise.

— Oui, je vois. Qu'est-ce qui s'est passé ?

— Rien encore, mais si je reste un jour de plus avec lui il va arriver quelque chose. À moi, à Dylan, au chien, je ne sais pas. »

Corina pousse un grand soupir et se dirige vers sa voiture. « Regardez-le, dit-elle en montrant Dylan, j'ai dû quitter l'appartement tellement vite que je n'ai même pas eu le temps de lui mettre ses chaussures. » Elle se couvre le visage. « Je n'y retourne pas. Je vais aller quelque temps chez ma mère. »

Jim la regarde attacher Dylan sur son siège bébé, le chien saute sur le siège du passager. Quand les deux sont installés Corina ouvre la portière côté conducteur et se tourne vers lui. «Échangeons nos numéros de téléphone, dit-elle. Si j'ai besoin de revenir chercher quelque chose, je préfère vous appeler pour être sûre qu'il n'est pas là.

— Naturellement.»

Elle note son numéro sur son téléphone et s'aperçoit que sa main tremble.

«Je suis certain que les choses vont s'arranger, dit Jim. Ça pourra prendre un peu de temps.

— Je ne vois vraiment pas comment.» Corina ouvre grand les bras et elle est surprise que Jim s'y niche. Il n'a pas l'air d'un démonstratif. «Je dois aller acheter des chaussures pour mon fils. Je risque de ne pas vous voir pendant quelque temps.

— Prenez soin de vous.» Elle monte en voiture et il ferme la portière, Corina lui fait signe par la fenêtre et démarre.

Jim se dirige vers sa voiture pour commencer sa tournée Uber et quand il ouvre la portière de sa Malibu il se sent observé. Il lève la tête vers l'immeuble et voit le mari de Corina immobile à la fenêtre, le regard vide, comme fixé sur un point juste au-dessus de sa tête.

16

Le type doit avoir la soixantaine, pense Grolsch. Il doute qu'il puisse encore bander. Il prend peut-être des comprimés pour ça. Grolsch avale une gorgée de bourbon qui lui brûle la gorge et allume une cigarette pour l'adoucir, tandis que des images de ce vieux cochon en train de baiser sa femme se succèdent dans sa tête. Il est probablement tout mou et tout ridé. Grolsch se demande à quoi ressemble l'intérieur de son appartement, sur quoi ils le font. Il se rappelle que Corina n'était pas difficile. Quand ils ont commencé à sortir ensemble, elle se contentait du sol de la cuisine. Depuis qu'il est revenu, ils ont baisé une fois, la première nuit, comme si pour elle c'était un devoir, comme si elle l'avait fait pour le rayer d'une liste. Acheter du liquide vaisselle, sortir la poubelle, laisser son mari la sauter. Maintenant, elle refuse qu'il la touche, et ce doit être à cause de ce vieux tas de merde d'à côté.

C'est votre femme qui vous les a donnés ? Grolsch regarde les billets étalés sur la table. Le salaud savait parce qu'il les lui avait donnés, c'est évident. Elle lui a peut-être fait des lap dances, et ensuite une danse privée. C'est comme ça que ça marche, non ? Il est allé dans suffisamment de boîtes de strip-tease pour connaître l'évolution naturelle. C'est ce qui vous arrive quand vous épousez une strip-teaseuse. Il le mérite. Ses amis se sont moqués de lui le soir où il l'a rencontrée. *C'est une strip-teaseuse, mec. Elles sont payées pour t'aimer.* Il a pensé qu'ils ne comprenaient pas, que c'était réel. Il aurait dû les écouter.

Il se demande s'il n'y a que le voisin d'à côté, ou si Corina baise avec tout le voisinage. Elle reçoit peut-être des hommes ici. Elle met le petit au lit et fait des passes dans le living, c'était la pratique d'une femme en Colombie quand il participait à des opérations anti-drogue. Vingt dollars pour un coup vite fait sur le canapé. Grolsch regarde le canapé sur lequel il est resté pendant le plus clair des deux dernières semaines et imagine qu'il sent le sexe. Il l'attrape à un bout et essaie de le retourner mais il est trop lourd et retombe avec fracas. Grolsch s'écroule à côté.

Il entend des pas dans l'escalier, puis une clé dans la serrure, son voisin rentre chez lui. La tête appuyée contre le canapé, il écoute le vieux aller et venir dans son appartement. Grolsch a remarqué que quelles que soient ses occupations il rentre toujours pour déjeuner. Il avale la dernière gorgée de bourbon qui reste dans la bouteille. Il n'a pas envie de se donner le mal d'aller en racheter. Il passera à la bière. Il se relève et va en prendre au frigo, mais il n'y en a plus.

Il claque la porte du frigo en criant: «Meeerde!» Il faut maintenant qu'il retourne acheter un pack de six. Il attrape ses clés et ramasse les billets sur la table. Il les regarde encore une fois, comme si c'étaient des œuvres d'art. Série 1989. Tous les numéros se suivent. Qui a des billets comme ça?

Il devrait peut-être aller le lui demander. Et lui demander aussi pourquoi il trouve normal de baiser sa femme pendant qu'il sert son pays. Il faut absolument qu'il le lui demande aussi. Il décide qu'il est temps de faire la connaissance de son voisin. Ça n'est pas courtois d'habiter si près de quelqu'un et de ne pas s'arrêter pour faire la causette.

Mais d'abord, bien sûr, de la bière.

L'oreille contre la porte, Jim entend sortir son voisin fou et éprouve un grand soulagement. Pendant une minute de panique il a cru qu'il allait frapper à sa porte. Il l'écoute malmener les meubles dans l'appartement et crier «Merde» à tout bout de champ depuis qu'il est revenu chez lui, et il sait que Corina a raison. Le type se désagrège.

Jim le regarde par la fenêtre traverser la rue et se précipiter dans le magasin de Cy, probablement pour racheter de la bière. C'est apparemment sa seule raison de mettre le nez dehors. Jim vérifie qu'il a bien fermé à clé et retourne dans sa chambre. Il ouvre le placard et, de sous les couvertures où il garde une des rares possessions qu'il a conservées de son passé, il sort l'étui qui contient sa queue de billard. Il l'ouvre pour la première fois depuis des décennies.

L'étui est doublé de feutre rouge et les deux parties de la queue correspondent exactement à leur niche. Il y a aussi de la vieille craie que Jim pense avoir jetée là pour faire croire qu'il jouait réellement au billard. Il constate que même à cette époque-là il faisait attention aux détails. La partie supérieure, celle dont le bout entre en contact avec la boule, est mince et légère. Inutile. La partie inférieure est lestée et l'extrémité est recouverte de caoutchouc. C'est celle-là qu'il veut. Il la sort, referme l'étui et le remet sous les vieilles couvertures qui sont là depuis si longtemps qu'elles sentent le renfermé.

Le poids de la moitié de queue lui est familier et Jim la brandit en l'air plusieurs fois. Il sent son épaule se plaindre. Il sait qu'il manque d'exercice. Conduire à longueur de journée a laissé s'atrophier la partie supérieure de son corps. Il fait encore quelques mouvements. Il n'a plus la force qu'il avait il y a trente ans. Il faut peut-être la prendre à deux mains, pense-t-il. Il l'attrape comme une batte de base-ball et s'exerce à frapper de haut en bas sur son lit. Elle fait un bruit de basse profonde et les couvertures s'envolent. Il répète encore le mouvement plusieurs fois et s'aperçoit que la sueur perle sur son front. Il l'essuie avec sa main.

Il borde de nouveau les couvertures, retape les oreillers et hoche la tête avec satisfaction. Puis il enfile une chemise écossaise à longues manches et boutonne les poignets. Rien à voir avec le bon vieux temps, se dit-il, mais avec les deux mains ça peut suffire.

« C'est lui, c'est lui », dit Kyle en se laissant glisser du siège passager. Madison regarde autour d'elle en conduisant lentement et voit un homme musclé en T-shirt, à la coupe de cheveux militaire, qui marche dans la rue avec un pack de six bières. Il tangue un peu, comme s'il était soûl, sinon il n'a rien de vraiment remarquable. Ordinaire, pense-t-elle, et l'observation la surprend. Elle s'attendait à quelqu'un de plus menaçant.

Dans le rétroviseur elle le regarde disparaître dans un petit immeuble. « Tu peux sortir », dit-elle. Kyle se rassoit normalement. « C'est exactement ici qu'il habite. »

Kyle se retourne pour voir l'immeuble, mais Madison a déjà tourné au coin de la rue. «Il nous a vus?

– Non, sûrement pas. Je pense qu'il est soûl.

– Rien d'étonnant.»

Ils font le tour du pâté de maisons et se retrouvent devant l'immeuble. «On dirait que la porte d'entrée est verrouillée, dit Madison. Il faudra qu'il te fasse entrer.

– Impossible. Il vaut mieux attendre que quelqu'un entre ou sorte. Le facteur, ou quelqu'un de l'immeuble.» Il prend le vieux pistolet de l'armée sous le tableau de bord. Il est lourd. Ces choses-là étaient vraiment faites pour durer. Il introduit le chargeur dans la crosse et met le pistolet à sa ceinture. Puis il indique Davis qui est sur le siège arrière.

«Pourquoi tu n'irais pas dans le petit jardin à côté devant lequel nous sommes passés. Il y a une aire de jeux. J'ai besoin de faire un tour dans le coin.

– Une reconnaissance», dit Madison.

Kyle acquiesce et sourit. «Exactement. Une reconnaissance.»

Ils entendent Davis grogner à l'arrière. «J'ai faim, gémit-il. Je veux un hamburger… et des frites.

– D'accord, Davey. On s'arrêtera pour acheter des hamburgers», répond Madison. Elle demande à Kyle s'il en veut un.

Il descend de voiture. «Tu te charges des hamburgers et je te retrouve à l'aire de jeux dans un moment.

– D'accord.» Puis elle ajoute: «Bonne chance.»

Il hoche la tête et se tait comme s'il était perdu dans ses pensées.

Madison pense qu'il va dire quelque chose de sentimental, comme une déclaration, ou quoi faire s'il ne revient pas vivant.

« Hé, dit-il.
— Oui ?
— Sans oignons.
— D'accord. »

Kyle claque la portière et part faire le tour du pâté de maisons.

Grolsch sort une bière du pack, la décapsule et met le reste au frigo. Puis il sort de sa poche les billets de vingt qui restent et les regarde encore. SÉRIE 1989. Le voisin va devoir s'expliquer. Pourquoi est-ce qu'il a ces vieux billets ? Plus important, pourquoi est-ce que sa femme les avait ? Comment il savait qu'elle les avait ? Il a un paquet de questions pour le vieux et il va obtenir des réponses. Il boit une longue gorgée de bière, sort dans le couloir et frappe violemment à la porte de Jim.

Il y a un silence et il frappe de nouveau. Puis il entend un bruissement. Une voix douce demande : « Qui est là ?

— C'est moi, votre voisin », crie Grolsch. Tu sais sacrément bien qui est là, c'est le mari de la femme que tu baises. Il se prépare à entrer en force dans l'appartement, mais la porte ne s'ouvre pas.

« Qu'est-ce que vous voulez ? » demande la voix à travers la porte.

Grolsch est déconcerté par cette question simple. Qu'est-ce qu'il veut exactement ? Il ne veut pas nécessairement taper sur ce type, mais il veut qu'il comprenne qui commande. Il a besoin qu'il s'excuse, qu'il le supplie, qu'il le respecte. Il pense à ce qu'a dit le vieux devant le magasin. *C'est votre femme qui vous les a donnés ?* Il n'y a aucun respect là-dedans.

« Je veux seulement vous parler », dit-il en essayant de prendre un ton amical. Il s'aperçoit qu'il crie, et que donc le gars ne va pas le croire, alors il essaie de trouver quelque chose de gentil à dire. Et à sa grande surprise il entend une clé tourner dans la serrure ; la porte s'ouvre.

Grolsch la pousse avec force. La porte s'ouvre en grand, mais le vieux a reculé, presque avec agilité, comme s'il s'y attendait.

« Salut, voisin », lui crie Grolsch avec une fausse gaîté. Puis il remarque l'expression du vieux. Ça n'est pas de la peur, c'est de la concentration. Il se tient dans une drôle de position, le bras droit normalement le long du corps, mais le gauche plié. Il a eu une attaque ou un truc quelconque ? Qui se tient comme ça ? Grolsch regarde autour de lui et voit un canapé près de la porte.

Il tend sa bouteille de bière dans sa direction et demande : « C'est là que tu baises ma femme ? » Quand il se retourne vers l'homme, une queue de billard est apparue dans sa main. Elle est levée au-dessus de sa tête.

CRAC.

Grolsch recule en titubant, il sent que sa tête est chaude. Il cligne des yeux, mais tout se brouille.

CRAC.

Noir.

Jim agrippe Grolsch avant qu'il tombe, et il est plus lourd qu'il ne paraît. Le muscle est plus lourd que le gras. Il a le souffle coupé quand Grolsch s'affale sur lui de tout son poids. Il entend une bouteille de bière tomber de ses mains et rouler sur le parquet.

Il avance vers la porte toujours ouverte, le palier, et jette le corps de Grolsch dans l'escalier. La vitesse l'entraîne jusqu'en bas, où il est étendu, les pieds sur la cinquième marche et la tête sur le sol.

Jim souffle, son cœur cogne. Il vient de faire en quelques minutes plus d'exercice qu'en trente ans. Il guette un instant tout autre bruit dans l'immeuble et le silence le satisfait. Il semble qu'il n'y ait personne dans les appartements du rez-de-chaussée, dont les occupants travaillent généralement pendant la journée. Tout en sentant encore son cœur cogner il recule dans son appartement et regarde autour de lui.

La bouteille brune est par terre et répand de la bière sous le canapé. La queue de billard est par terre elle aussi. Il ramasse la bouteille et la lance dans l'escalier à la suite de Grolsch. À la grande surprise de Jim elle rebondit contre le mur sans se casser. Elle atterrit près de la tête de Grolsch avec un son musical. Puis il prend une poignée de serviettes en papier et éponge la bière, en déplaçant le canapé pour essuyer la mousse qui reste près du mur. Il jette les serviettes mouillées dans l'évier.

Il s'aperçoit que la bière sent mauvais. Il va devoir nettoyer par terre. Il reprend des serviettes en papier et vaporise du produit pour les vitres sur le parquet jusqu'à ce que l'odeur soit plus forte que celle de la bière. Puis il essuie tout soigneusement, met toutes les serviettes en papier dans un sac-poubelle et ouvre la fenêtre pour chasser l'odeur du produit.

Il essuie la queue de billard avec un chiffon, la remet dans son étui et l'enterre au fond du placard où il est resté trente ans.

Il vérifie son appartement. Tout paraît en ordre. Il prend le sac-poubelle plein de serviettes humides, ses clés et son téléphone. Il est temps d'aller travailler. Il ne veut pas être là quand le facteur trouvera le corps.

Jim descend l'escalier en faisant attention où il pose les pieds. Grolsch saigne sur la dernière marche et Jim enjambe la flaque de sang avec précaution en évitant aussi de marcher dans la flaque de bière à côté. Arrivé en bas il regarde Grolsch pour s'assurer qu'il est mort. Le sang coule lentement d'une oreille. Pas beaucoup de dégâts, pense Jim, vraiment le genre de blessure que peut provoquer une chute dans l'escalier.

Il s'aperçoit soudain qu'il ne sait pas si le facteur est déjà passé. Il ouvre grand la porte d'entrée et y glisse le cale-porte, comme on le fait quand on prévoit d'aller et venir pendant un certain temps. De cette façon, n'importe qui peut entrer et trouver le corps.

Puis il respire profondément, expire et sort.

Il n'y a qu'une autre personne dans la rue, à une trentaine de mètres. Un homme grand, solide, l'allure militaire, et Jim pense soudain qu'il connaît peut-être Grolsch, qu'il vient lui rendre visite. Jim accélère le pas. Il le croise rapidement, content de penser que le type ne semble pas l'avoir remarqué ; il regardait par terre et pensait à autre chose. Jim se dirige vers sa voiture.

En montant dedans il voit que l'inconnu entre dans son immeuble.

Merde. Il avait raison. C'est probablement un ami de Grolsch. Le malheureux a dû avoir le choc de sa vie. Jim se demande dans combien de temps les flics vont se pointer.

Mais le visiteur ressort de l'immeuble en marchant exactement comme tout à l'heure, sans précipitation, sans affolement. Il n'est pas en train d'appeler la police.

Comment ça se fait? Il a forcément vu le corps. C'est à peu près tout ce qu'on voit si on franchit la porte d'entrée.

L'homme continue de marcher tête baissée, il passe devant Jim, qui a glissé de son siège, et va jusqu'au bout du pâté de maisons. Là il tourne vers le jardin.

C'est de cette façon que la jeune génération réagit en trouvant des cadavres? se demande Jim. Il démarre et commence sa journée de travail.

Waouh. Il secoue la tête, effaré. De nos jours, les jeunes se foutent de tout.

Kyle lutte pour ne pas avoir une crise en regardant l'immeuble où vit Grolsch. Peut-il vraiment faire ça? Il sait que si Grolsch le traite de pédale ça ne sera pas un problème, mais s'il se montre content de le voir? Que faire s'il le reçoit bien et en s'excusant? On ne sait jamais avec les alcooliques. Il est pris d'indécision. Que dira Madison s'il ne va pas jusqu'au bout?

C'est un aspect de ce faux mariage auquel il n'avait pas vraiment pensé. Maintenant qu'il a une femme et un enfant il a de véritables responsabilités. Ses actes n'affectent pas que lui. S'il ne va pas jusqu'au bout, un petit garçon de quatre ans ne bénéficiera pas de son assurance maladie. Kyle perdra peut-être son allocation pour être logé sur la base. Ils ont un joli pavillon. Si l'armée décide de le sanctionner elle a un tas de moyens de le rétrograder. Il imagine la déception dans le regard de Madison.

Il voit la porte de l'immeuble de Grolsch s'ouvrir en grand et un homme âgé glisser un cale-porte dessous. Voilà qui est parfait. C'est comme si la Providence s'en mêlait. D'accord, allons-y.

Il se dirige vers l'immeuble d'un air décidé. Comme l'homme vient dans sa direction il baisse la tête et regarde ailleurs comme s'il s'intéressait à quelque chose sur la chaussée. L'homme le croise sans un regard. Parfait. Kyle arrive à la porte ouverte et jette un coup d'œil à l'intérieur.

Une rangée de boîtes aux lettres, un escalier à gauche. Il y a quelque chose en bas de l'escalier, mais il fait trop sombre pour qu'il puisse voir ce que c'est.

Kyle prend le M1911 dans sa poche. Tout est réel maintenant. Ça va se passer. Mieux vaut faire vite. L'immeuble paraît tranquille. Il vérifie la rue. L'homme est parti et il n'y a personne dans les environs. Il entre.

Nom de Dieu, la chose en bas de l'escalier est un corps.

Kyle s'approche vite pour lui porter secours et au même instant s'aperçoit que c'est Grolsch. Il recule d'un bond, dos aux boîtes aux lettres, parcouru d'un frisson.

Il demande doucement : « Hé, Grolsch, Grolsch ? Ça va ? »

Il voit que Grolsch est couché comme s'il était tombé dans l'escalier. Puis il remarque la flaque de sang qui grandit sur le sol. La bouteille de bière près de lui et ses bras en arrière comme s'il avait essayé de voler. Puis il voit ses yeux. Ils sont fermés. Il a l'air en paix.

Kyle s'approche davantage, en veillant à ne pas marcher dans le sang. Il examine l'autre côté de la tête de Grolsch, là où est la blessure, et il recule. Tout le côté du crâne semble avoir été défoncé. Il lève les yeux vers l'escalier en cherchant à savoir où sa tête a heurté le sol pour causer une blessure aussi grave, mais il ne voit rien d'anormal.

Merde alors. Il est venu commettre un meurtre, pas en résoudre un. Il se relève et regarde autour de lui. L'immeuble est vide et silencieux. Kyle regarde encore Grolsch quelques secondes et ressent une poussée de sympathie. Connard ou pas, ce mec était un frère d'armes des Forces spéciales, et mourir en tombant dans l'escalier parce qu'on s'est soûlé la gueule c'est une façon merdique de tirer sa révérence.

« Salut, mon frère », dit Kyle. Il ressort. Il marche à une vitesse normale en baissant la tête pour retourner au jardin retrouver Madison, heureux de ne croiser personne. En la voyant assise sur un banc avec Davis, tous deux en train de manger leur hamburger, il s'arrête pour les regarder un instant avant de les rejoindre. C'est ma famille, ma responsabilité. Toutes les idées qu'il s'était faites d'un faux mariage se dissipent immédiatement et il décide de ne plus jamais employer ce terme. Il est aussi réel que tout le reste.

En le voyant s'approcher Madison lui fait signe et il lui répond avec un sourire rassurant.

Elle lui tend son hamburger en demandant : « Comment ça s'est passé ?

– Tous les problèmes sont résolus. » Il prend le hamburger et s'assoit à côté d'elle.

« Vraiment ? » Il y a du soulagement dans sa voix.

« Yep. »

Elle le prend par le cou et l'embrasse sur la joue. « Yéé.

– Yéé », répète Davis qui est en train de jeter des frites à un pigeon.

Madison désigne une fillette sur le toboggan qui porte des chaussures avec dans la semelle des leds de couleurs vives qui s'allument quand elle marche. « Davis veut une paire comme ça, dit-elle.

– Pas de problème, dit Kyle. On pourra les acheter à Chicago. »

Madison lui demande : « Tu te sens bien ?

– Oui, répond Kyle la bouche pleine. Ça va bien.

– Yéé, dit encore Madison.

– Yéé », répète Davis, et tous les trois se mettent à rire.

17

L'inspecteur Roger Hollenbeck passe sous le ruban que l'officier de police a installé à la porte, enfile une paire de gants en caoutchouc bleu et se penche sur le corps. Homme d'une trentaine d'années, étendu au pied d'un escalier, perdant du sang d'une blessure à la tête. Bouteille de bière à côté du corps. Odeur d'alcool dominante.

Ben dis donc, de quoi s'arracher les cheveux. Sherlock Holmes lui-même sécherait, pense-t-il.

Il est suivi de Taylor, sa jeune recrue, qui lui demande : « Qu'est-ce que vous en pensez ? »

Hollenbeck s'éloigne du corps. « Sérieusement ? »

Taylor hausse les épaules. C'est une recrue intelligente et Hollenbeck trouve qu'il est un candidat valable pour occuper son poste quand il va prendre sa retraite dans quelques semaines. Tous ces derniers jours Hollenbeck a espéré qu'une affaire se présenterait qui exigerait une sagesse qu'il pourrait partager, quelque information de choix dont le jeune homme se souviendrait pendant toute sa carrière et qui chaque fois qu'il s'en servirait lui rappellerait avec affection son vieux formateur Hollenbeck. Jusqu'ici ils n'ont eu qu'un meurtre devant un bar de Kensington, avec vingt témoins qui ont tous raconté la même histoire, c'était Joe. Ils ont arrêté Joe. La seule sagesse qu'Hollenbeck a pu partager à partir de là c'est qu'il faut apprécier les meurtres dans des quartiers blancs parce que les gens parlent aux flics. Si c'était arrivé dans le nord de Philadelphie personne n'aurait rien vu, le meurtre serait resté irrésolu et il aurait reçu un blâme.

Hollenbeck commence à se rendre compte que l'essentiel de sa sagesse se résume à des plaintes au sujet de la pagaille générale.

« À votre avis, qu'est-ce qui s'est passé ? demande-t-il à Taylor en se rappelant qu'il doit jouer le professeur.

– Il est probablement tombé dans l'escalier.

– Regardez bien sa tête. »

Taylor enfile ses gants bleus, se penche sur le corps de Grolsch et reçoit un fort effluve d'alcool. « Pouah, le type a picolé. » Il tourne légèrement la tête de Grolsch et regarde la blessure.

« De quoi ça a l'air ?

– Plutôt sérieux pour une chute dans l'escalier. »

Hollenbeck s'approche et regarde. En effet, c'est pas mal sérieux pour une chute dans l'escalier. Et puis les bras sont dans une position bizarre, étirés derrière lui comme s'il n'avait même pas essayé d'arrêter sa chute. Hollenbeck décide qu'il est probablement tombé dans l'escalier, mais il a besoin de donner à sa jeune recrue quelques leçons de procédure.

« Mettez cette bouteille dans un sac pour les empreintes. Enveloppez aussi ses mains dans un sac au cas où il aurait de l'ADN sous les ongles. Il y a peut-être eu une bagarre. Ensuite faites un tour pour voir si vous remarquez quelque chose d'anormal. »

Taylor acquiesce docilement.

« Je vais acheter des cigarettes au magasin d'à côté, vous voulez quelque chose ? »

Taylor secoue la tête et Hollenbeck ressort. C'est le quartier de ses débuts, il y a trente-trois ans, et il doit reconnaître qu'il est devenu plus agréable. À cette époque-là, il y avait les vendeurs de crack de Baltimore Avenue et des putes à la moitié des coins de rue. Maintenant il n'y a plus que des étudiants de l'université de Pennsylvanie, des infirmières de l'hôpital et l'éternel symbole de l'empiètement des Blancs sur un quartier noir, la brûlerie de café. La rue qui sentait autrefois les ordures et la pisse des clochards est parfumée par l'arôme chaud et puissant de la torréfaction des grains de café.

Il va jusqu'au magasin et reste stupéfait de voir qu'il s'appelle toujours Cy's. Il se demande si Cy vit encore. L'enseigne est patinée mais pas de doute, c'est toujours la même qu'à l'ouverture dans les années quatre-vingt. Hollenbeck s'était demandé quel genre de type pouvait vouloir ouvrir un magasin dans un ghetto. Il n'imaginait pas que l'homme ou le magasin dureraient aussi longtemps. Son partenaire avait prédit que le propriétaire se ferait probablement descendre dans quelques mois pour dix dollars de bière ou de cigarettes.

Hollenbeck entre et jette un coup d'œil. L'endroit n'est sûrement pas devenu plus chic, mais il est toujours aussi encombré et quelque peu désordonné. Il voit un vieil homme derrière le comptoir et met une minute à reconnaître Cy, avec trente ans de plus.

« C'est bien l'officier de police Hollenbeck ? » s'écrie Cy. Il sort de derrière le comptoir et vient lui serrer la main. « Mon vieux, je ne vous ai pas vu depuis un bon moment.

– Inspecteur, maintenant, dit Hollenbeck épaté que Cy l'ait reconnu aussi vite.

– Alors félicitations, inspecteur.

– Je ne peux pas croire que vous soyez encore ici. Je me rappelle le jour où vous avez ouvert. Je ne m'attendais pas à ce que vous teniez plus de quelques mois.

– Ma femme non plus. Elle pensait que j'allais me faire descendre, dit-il en riant. Elle m'a fait mettre une vitre blindée autour de la caisse enregistreuse pendant les années quatre-vingt-dix.

– Comment va Jeanie ? » Hollenbeck espère avoir bien retenu son nom. La femme de Cy a travaillé avec lui pendant les deux premières années, quand ils se battaient pour que les affaires démarrent.

« Elle vient encore de temps en temps le week-end, dit Cy. Elle a une sclérose en plaques et elle a du mal à se déplacer, mais elle peut se servir de la caisse enregistreuse. Comment va votre femme ?

– Nous avons divorcé il y a vingt ans. » Hollenbeck rit et Cy l'imite.

Cy tapote le comptoir avec affection. « Qu'est-ce qui vous amène de nouveau par ici, inspecteur ?

– Je suis aux homicides, maintenant. Une affaire dans cette rue. Un type est tombé dans l'escalier. J'ai ma recrue qui enquête comme si c'était un meurtre, histoire de lui donner quelque chose à faire. » Il rit, mais Cy reste perplexe et Hollenbeck se rappelle que la plupart des gens ne sont pas aussi blasés que lui en ce qui concerne la mort. Il essaie de prendre un air attristé. « Un type est mort dans un immeuble, il était soûl. Nous devons le transporter à la morgue.

– C'est malheureux », dit Cy solennellement.

Revenu aux réalités, Hollenbeck va chercher un pack de six d'une bonne bière blonde locale. De nos jours on brasse de la bière à tous les coins de rue, et c'est un des changements dans la ville qu'Hollenbeck apprécie. Autrefois la bière était de la merde. Il se dit qu'un de ces hippies a vraiment maîtrisé l'art du brassage. Elle coûte un peu plus cher, mais ça vaut la peine de ne plus devoir boire la lavasse à laquelle il s'était habitué. Il apporte le pack au comptoir et le tend à Cy pour qu'il le scanne.

« Vous avez là une belle sélection de bières, Cy. »

Cy sort une des bouteilles et la scanne six fois puis il la remet dans le pack et le tend à Hollenbeck. Il a l'air soucieux. « Je ne peux jamais scanner convenablement. C'est le problème avec les nouveaux produits. »

Hollenbeck achète ses cigarettes. « Je ferais mieux d'aller retrouver ma recrue, dit-il gaîment. Mon meilleur souvenir à Jeanie.

– Je n'y manquerai pas, inspecteur. Elle sera ravie d'avoir de vos nouvelles. »

Hollenbeck retourne sur la scène de l'accident et constate avec plaisir que le fourgon du coroner est arrivé. Il met la bière dans le coffre de sa voiture en espérant que personne n'a rien vu.

Taylor a enveloppé les mains du bonhomme et mis dans un sachet la bouteille de bière qu'ils ont trouvée pour relever les empreintes. Rien de surprenant à signaler, aucun des voisins n'est chez lui, tout paraît normal. Ils utilisent les clés qui sont dans la poche de Grolsch pour ouvrir sa porte et visitent son appartement, mais tout y semble normal aussi. Hollenbeck conclut que le type est tombé dans l'escalier. Ce sont des choses qui arrivent. Façon stupide de finir sa vie, mais il y en a de pires.

« Très bien, monsieur Taylor », dit Hollenbeck en regardant l'équipe du coroner sortir le corps sur un chariot et le faire entrer dans le fourgon. « Je vais vous apprendre la leçon la plus importante de toutes.

— Laquelle ? demande Taylor avec un sourire enthousiaste.

– Où trouver les meilleurs sandwichs de tout l'ouest de Philadelphie. »

Le soleil va bientôt se coucher quand Jim rentre chez lui et la porte de l'immeuble est de nouveau fermée comme elle doit l'être. Tout est redevenu normal. Il reste du ruban jaune de la police près des boîtes aux lettres, mais le corps est parti. Jim regarde en haut de l'escalier et pousse un soupir.

Puis il remarque une odeur métallique et regarde le sol. Il y a du sang séché partout. On dirait que le nettoyage ne fait pas partie des services que fournit la police. Il monte chez lui, remplit un seau d'eau chaude en ajoutant du détergent et prend le balai à franges. Si Corina et son fils revenaient, il ne veut pas que la première chose qu'ils voient soit l'escalier plein de sang.

Il descend l'escalier et verse de l'eau chaude savonneuse sur les dernières marches. Ça ne prend que quelques instants pour que l'escalier soit impeccable. Il ramasse le ruban de la police et c'est fini. Quand Jim rentre chez lui avec le ruban en boule dans une main et le seau avec le balai dans l'autre, un des voisins du rez-de-chaussée rentre de son travail. C'est le jeune homme qui habite l'immeuble depuis trois ou quatre ans et auquel Jim a dit bonjour exactement une fois.

Il rentre chez lui sans savoir qu'un cadavre est resté devant sa boîte aux lettres presque toute la journée.

C'est terminé. Il ne s'est rien passé ici.

Jim vide l'eau pleine de sang dans son évier, jette le ruban jaune dans la poubelle, rince l'évier et commence à préparer le dîner.

18

Le docteur Robert Lloyd, jeune coroner, regarde la salle d'autopsie bondée où l'attendent cinq chariots, chacun avec un cadavre sous un drap bleu. C'est tout ce que la petite pièce peut contenir. Il espère qu'il n'y en a pas d'autres dans le couloir.

Il se dit que ça va être pourri aujourd'hui. Le plus souvent, les lundis, la pièce est vide. Lloyd sait que les gens essaient rarement de se tuer ou de tuer quelqu'un le dimanche soir, observation qui lui a inspiré la décision de passer toute la soirée précédente dans un bar. Il espérait pouvoir traîner ce matin, flirter avec sa nouvelle stagiaire et jouer à des jeux vidéo, et maintenant il a mal à la tête et il est évident que ça va être une rude journée.

Il demande à Lena, son assistante: «Qu'est-ce que c'est tout ça?» Italienne d'âge mûr avec un air de compétence brutale, Lena fait le plus gros du travail à sa place. Il n'est diplômé que depuis quelques années mais il a compris que la différence entre un mauvais et un bon médecin c'est d'avoir quelqu'un comme Lena près de vous. Tant que vous vous tenez relativement informé en matière de médecine, vous pouvez mener votre carrière sur du velours sans vraiment vous donner de mal si vous avez une Lena, et c'est la voie qu'il a choisie.

« Cinq corps, tous de la même famille, trouvés morts dans un hôtel de Market Street. Aucune marque sur eux. Les avocats de l'hôtel appellent toutes les dix minutes pour savoir si c'est de leur faute. La presse commence à appeler aussi. Ça sera la grande affaire du jour aux infos de midi.

– Oh, merde. » Il pousse un soupir. Non seulement il va être très occupé, mais en plus toute la ville va attendre qu'il se prononce. Il va y avoir des sonneries de téléphone, des ronronnements de fax et des autopsies toute la journée. Il enfile ses gants. « Où est notre nouvelle stagiaire ?

– Elle a téléphoné qu'elle était malade, répond Lena avec un sourire de fausse compassion. Rien que vous et moi, mon chou. »

Lloyd grogne en regardant la pièce pleine de morts. « Ils sont tous là ?

– Il y en a un autre dans le congélateur. Il ne fait pas partie de la famille, un cas différent. Le type était soûl et il est tombé dans l'escalier. Les flics ont dit que ça paraissait suspect et ils veulent que vous y jetiez un coup d'œil. »

Elle tend à Lloyd une fiche avec toutes les informations. *Nom : Grolsch, Robert.* Lloyd va en bas de la fiche et voit le taux d'alcool dans le sang. « Seigneur, c'est à peu près quatre fois la limite légale. Qu'est-ce qu'ils ont trouvé suspect ?

– Je n'ai pas demandé. Il a seulement dit que c'était suspect.

– Qui c'était ?

– Hollenbeck.

– Qu'il aille se faire foutre. Il est en train de former un nouveau. Il me fait perdre mon temps avec cette connerie. » Lloyd va ouvrir le tiroir contenant le corps de Grolsch. Il soulève le drap et regarde la blessure à la tête. Nom de Dieu. Le type a dû faire une sacrée chute. Vilaine blessure. Ça arrive.

Il regarde de nouveau la fiche de Grolsch. En bas, sous *cause du décès*, il écrit *chute accidentelle*. Il signe et rend la fiche à Lena. Puis il repousse Grolsch dans le congélateur, ferme la porte et dit: « Commençons. »

19

Madison et Davis dorment sur le siège arrière quand ils passent de l'Idaho à l'État de Washington. Kyle allait demander à Madison si elle voulait s'arrêter à Spokane pour le petit déjeuner, mais en les entendant respirer tous les deux presque à l'unisson et en les voyant pelotonnés confortablement il ne veut pas troubler la scène.

Il se dit que c'est maintenant sa famille. C'est arrivé d'une drôle de façon. Il y a quelques mois ça n'était qu'une idée. Et maintenant c'est une brillante réussite. Pourquoi ne pas y avoir pensé plus tôt ? Il se rappelle avoir eu l'idée pour la première fois couché dans un fossé à Ramadi d'où il regardait des obus voler au-dessus de sa tête. Et maintenant c'est la réalité. Il a l'impression que sa capacité à contrôler les événements de sa vie est une sorte de super pouvoir que personne d'autre ne semble posséder. Prochaine étape, un poste dans une ambassade, peut-être dans une ville comme Lahore ou Delhi, puis diplôme universitaire et ensuite Département d'État.

La route a quitté les montagnes et, sur terrain plat, c'est plus facile de conduire. Kyle pense que le soleil va bientôt se lever derrière lui, que ça va être une belle journée. Il regarde Madison et le petit garçon roupiller et se dit que c'est un gamin sympathique. Ça va être marrant d'être beau-père.

Il se demande pourquoi Madison n'a jamais demandé de détails sur Grolsch. Il pensait qu'il devrait tout lui expliquer, lui raconter qu'il l'avait trouvé mort en bas d'un escalier, mais elle n'a pas posé de questions. Une fois assurée que le problème était résolu, elle n'y a plus pensé. Son esprit pratique est une des choses que Kyle respecte le plus chez elle, mais maintenant elle doit avoir l'impression qu'il a commis un meurtre.

Il commence à penser que c'est peut-être bien ainsi. Son mariage ressemble, en modèle réduit, à la relation qui lie les citoyens américains à leur armée. C'est formidable d'avoir quelqu'un qui tue à votre place, mais ensuite vous ne voulez pas vraiment connaître les détails. Les mecs dans les bars lui offrent toujours à boire quand ils apprennent qu'il est dans les Forces spéciales, et ils le regardent avec admiration, comme Madison l'a regardé quand il est revenu après avoir, croit-elle, tué Grolsch. Oh et puis merde. Pourquoi le lui dire ?

Il y a quand même une chose qui le tracasse. Ce vieux qui est sorti de l'immeuble juste avant qu'il y entre.

Pendant ces dernières heures au volant il s'est repassé la scène et il est sûr que le vieil homme a dû voir le corps de Grolsch. C'était impossible d'être à l'intérieur et de ne pas le voir. Et il a bloqué la porte ouverte probablement pour que quiconque entrant dans l'immeuble le trouve. Qu'est-ce que ça signifie ?

C'est le vieux qui l'a tué ? Non, bien entendu. Il a l'air d'un grand-père. Mais pourquoi n'avoir rien fait au sujet du corps excepté bloquer la porte et sortir ?

Il entend Madison bâiller et s'étirer. Elle tire le siège passager en arrière aussi loin que possible et se hisse dessus avec agilité sans réveiller Davis.

« Bonjour, dit-elle en chuchotant et en se frottant les yeux. Où sommes-nous ?

– Nous venons d'entrer dans l'État de Washington. Il y en a encore pour cinq heures, j'imagine.

– Pas possible ! C'est formidable ! Je pensais que nous serions encore dans le Montana. » Elle regarde la forêt des deux côtés de la route. Elle confirme : « Ouais, c'est bien Washington. » Elle bâille et s'étire de nouveau. « Arrêtons-nous pour prendre un café à la prochaine pancarte.

– Bonne idée.

– Je voudrais te poser une question. »

Ho-ho, se dit Kyle. Quand ils sortaient ensemble au lycée, c'était ce qu'elle disait avant d'aborder un sujet qui pouvait causer des frictions entre eux. Elle va peut-être demander des détails sur la mort de Grolsch. Il décide de mentir. Il a tué Grolsch à mains nues dès qu'il a ouvert la porte.

« Oui ?

– Je veux avoir un autre bébé.

– Quoi ?

– Tu sais, avec ce truc artificiel qu'on a maintenant. On n'est pas obligés de faire l'amour. Il faut simplement aller chez un médecin.

– Vraiment ? Tu veux un autre enfant ? »

Elle reste un instant silencieuse. « Eh bien oui. Si tu es d'accord. »

Kyle y réfléchit. Ce serait son enfant, quelque chose qu'il n'a jamais imaginé, pas même dans un fossé de Ramadi quand il envisageait un mariage. « Oui, ça serait bien.

– Sérieusement ? » crie Madison pleine d'enthousiasme. Davis commence à s'agiter sur le siège arrière et elle parle aussitôt plus bas. « Tu le penses vraiment ?

– Oui. Absolument. Nous appellerons un de ces endroits quand nous rentrerons. C'est assez cher, non ?

– On peut se le permettre.

– Alors d'accord. Ça sera bien. »

Madison pose la tête sur son épaule. « Tu es formidable.

– Oui ? » Il passe le bras autour d'elle. « Je trouve que nous sommes assez formidables tous les deux. »

Elle rit. Par la fenêtre elle voit annoncée une aire de repos à quinze kilomètres. « Arrêtons-nous là-bas. Il faut effacer nos empreintes sur nos téléphones prépayés et les jeter.

– Bonne idée. » Ils bâillent à l'unisson en écoutant le bruit régulier des pneus sur la route.

20

Corina est assise sur la banquette devant la fenêtre de Jim et regarde dehors en se réchauffant les mains avec la tasse de café qu'il lui a servie. Il n'avait pas eu de nouvelles d'elle pendant les deux jours qui ont suivi la mort de Grolsch et il a été soulagé de l'entendre rentrer chez elle ce matin. Il s'apprêtait à aller lui présenter ses condoléances mais avant qu'il puisse le faire elle a frappé à sa porte.

Elle avait l'air éteint, triste. Elle n'a voulu que les détails. Vous avez entendu quelque chose ? Jim a répondu qu'il n'était pas là, il travaillait. Vous avez vu les flics ? Non. Quand je suis rentré tout était fini depuis longtemps, il ne restait que du ruban de la police. Elle a demandé qui avait nettoyé le sang et il a admis que c'était lui. Il lui a dit qu'il ne voulait pas que le petit le voie, et elle l'a remercié.

« Vous êtes un bon voisin, a-t-elle dit avec un sourire triste. Et il s'appelle Dylan. »

C'est calme maintenant. Comme si la tension dans l'immeuble avait disparu, tel que c'était la semaine où ils se sont rencontrés, quand elle lui a préparé des hamburgers et venait chaque fois qu'elle en avait envie. Quand elle est arrivée ce matin, Jim regardait les infos et avait coupé le son. Maintenant les images muettes sont toujours là sur l'écran et Corina indique la télé.

Elle demande : « Ohmondieu, vous êtes au courant de ça ? » Et Jim se dit que s'il était assez près d'elle elle lui attraperait le bras. « Toute cette famille qui est morte dans un hôtel. Montez le son. »

Jim prend la télécommande, rallume le son et ils regardent les nouvelles sur les morts de l'hôtel. D'après le coroner, le mari, qui était médecin, a volé des produits mortels dans son hôpital et les a injectés à tous les membres de sa famille pendant leur sommeil. Puis il a nettoyé les traces et avalé des somnifères. Personne ne sait pourquoi il l'a fait. On interroge des personnes qui le connaissaient et toutes disent que c'était quelqu'un de gentil et normal. Bien sûr, il l'était, pense Jim, sinon il aurait survécu. On passe au coroner qui a l'air vraiment fier d'avoir résolu l'affaire et parle de points d'injection. Puis au directeur de l'hôtel, qui a été forcé d'évacuer et fermer l'établissement une semaine pendant qu'on recherchait la cause de ces décès. Son affaire a perdu des centaines de milliers de dollars.

Le type a tué toute sa famille et s'est suicidé sans rien laisser d'autre qu'une énigme facile à résoudre pour le coroner et un hôtel au bord de la faillite.

« On ne peut jamais savoir quand ce sera son tour, dit tristement Corina en regardant la télé et en secouant la tête.

— Sauf si vous êtes de la famille de ce type.

— Vous voulez venir avec moi à l'enterrement ? » demande-t-elle comme si elle lui proposait de l'accompagner chez Cy.

Jim, surpris, coupe de nouveau le son. « Non », répond-il par réflexe. Puis il pense qu'il a été impoli et il demande : « Pourquoi voudriez-vous que je vienne ? Je le connaissais à peine.

– Ses parents seront là.

– Oui, j'imagine. » Ce serait une drôle de conversation même s'il n'avait pas tué Grolsch. Au nom du ciel, pourquoi voudrait-elle qu'il rencontre les parents de son mari ? C'est une coutume mexicaine ? Ou portoricaine ou je ne sais quoi ? « Je ne pense pas que j'aurais grand-chose à leur dire. »

Corina saute de la banquette sous la fenêtre et lui tend la tasse de café vide. « Vous savez, avant que je m'installe ici nous vivions sur la base dans les environs de Seattle.

– Ah oui ?

– C'était à l'époque où beaucoup de morts et de blessés revenaient d'Afghanistan. Impossible de l'ignorer. L'humeur générale de la base faisait penser à un immense funérarium. Si vous riiez, par exemple, on vous regardait d'un sale œil parce qu'une femme dans le voisinage venait d'apprendre que son mari était mort. » Elle est retournée à la fenêtre et regarde la rue où il commence à pleuvoir, et Jim pense qu'elle est perdue dans ses souvenirs. « C'est là-bas que j'étais avant de revenir ici. »

Jim se demande s'il doit dire quelque chose, et il est soulagé quand il se rend compte qu'elle va continuer à parler.

« Ma mère vit ici, dit Corina. Et personne ne parle de l'Afghanistan. Ni de l'Irak. Personne en dehors des bases ne sait que nous continuons d'envoyer des mecs faire la guerre. C'est fou. Sur la base tout le monde le sait, tout le monde vit avec, chaque jour, et c'est complètement invisible pour le reste du pays. La presse et la télé n'en parlent plus. Il y a là-bas des soldats qui n'étaient même pas nés quand la guerre a commencé. Mais ici, rien. »

Jim se demande s'il devrait s'excuser de ne pas accorder plus d'attention à la guerre.

« Je voulais être comme ça. Je voulais ne pas savoir, ne pas m'en inquiéter. »

Maintenant il craint qu'elle se mette à devenir lyrique sur l'héroïsme de son mari, un homme qui a affronté la réalité pendant que la population civile ignorait lâchement ses efforts pour nous protéger. Il espère qu'elle ne va pas dans cette direction.

« Sur la base », dit-elle, dos à lui et appuyée à la banquette tandis que la pluie commence à tambouriner sur la vitre, « il y a ces deux types qui circulent dans une voiture blanche. Si quelqu'un dans votre famille est tué à l'étranger, ces deux-là vous informent de sa mort. En personne. L'armée est trop classieuse pour vous envoyer une simple lettre. Elle vous envoie deux types frapper à votre porte.

– Ça doit être un métier difficile.

– Mais tout le monde sur la base les connaît. On les appelle Les Deux Hommes dans une Voiture. Et tout le monde sait pourquoi ils sont là. Alors vraiment, il suffit que vous les voyiez s'arrêter devant chez vous et vous savez, d'accord ? Vous n'avez même plus besoin de les entendre vous le dire.

« Alors un jour, juste avant que nous venions ici, j'étais assise devant ma porte en train de téléphoner. Et les Deux Hommes dans une Voiture s'arrêtent et se garent devant chez moi. Ils me regardent, je les regarde et je reste là deux ou trois minutes. » Elle se tait et Jim pense qu'elle essuie une larme, mais il s'aperçoit vite qu'elle est seulement gênée par un cil et que son expression n'est pas de chagrin mais d'ironie amusée. « Alors je descends sur le trottoir et je crie : "Vous allez me le dire oui ou non ?" »

Elle rit. « Et vous savez quoi ?

— Quoi ?

— Ils descendent tous les deux de voiture comme s'ils allaient m'informer d'une mort là, dans la rue, et ils commencent à s'excuser. "Nous sommes désolés, madame, nous nous sommes arrêtés ici pour décider où nous allons déjeuner." »

Elle rit en s'attendant à ce que Jim l'imite, ce qu'il fait finalement.

« Et en rentrant chez moi je me suis rendu compte que j'étais déçue.

— Quoi ?

— J'étais déçue, dit-elle comme si c'était la chose la plus évidente du monde. Je m'attendais à entendre qu'il était mort et il ne l'était pas, et j'étais déçue. » Elle écarte les bras dans un geste d'impuissance. « C'est pour ça que je veux que vous veniez à l'enterrement. Parce que vous ne l'aimiez pas, et que vous saviez comment il était. Et j'ai besoin de quelqu'un avec qui je n'aurai pas à faire semblant. »

Jim la regarde avec perplexité.

« Je vais devoir passer toute la journée à jouer la veuve éplorée. L'armée va me remettre un drapeau et il y aura une salve de vingt et un coups de fusil, et la sonnerie aux morts, et je devrai sangloter. Je vais devoir sangloter sur un type qui allait probablement nous tuer mon fils et moi avant la fin de la semaine, mais il a trop bu et il est tombé dans ce putain d'escalier et s'est ouvert le crâne. Ce connard. »

Jim acquiesce. « Ça paraît juste. D'accord. Je verrai si j'ai un costume. Et des chaussures noires. »

À quelques pâtés de maisons de là l'inspecteur Hollenbeck et sa jeune recrue, Taylor, écoutent la pluie tambouriner doucement sur le toit de la voiture en mangeant des sandwichs de chez le traiteur. Hollenbeck aime bien ce quartier. Presque chaque maison lui rappelle un épisode d'il y a des dizaines d'années. Dans celle-ci, juste là, il y a eu un cambriolage, une jolie jeune femme noire y a perdu sa stéréo et sa télé. Dans la maison de l'autre côté de la rue une autre jolie femme a signalé un vol de voiture. Elle croyait réellement qu'Hollenbeck et son partenaire allaient parcourir les rues de Philadelphie pendant des semaines à la recherche de sa voiture. C'était le troisième vol de voiture de la soirée, peut-être le vingtième de la semaine, et Hollenbeck et son partenaire l'avaient oublié avant même que l'encre du rapport ait séché.

Personne ne s'est jamais aperçu que c'était le troisième de la soirée.

« À quoi pensez-vous ? demande Taylor.

— J'ai répondu à des appels venant de presque toutes les maisons de cette rue », dit-il en regardant par la fenêtre dégoulinante de pluie. Il mord avec gourmandise dans son sandwich au corned beef. À mesure qu'il vieillit, son travail est de plus en plus lié aux restaurants et aux boutiques de sandwichs à proximité. Il se rappelle sa première semaine quand il débutait. Il avait pour partenaire un alcoolique irlandais vieillissant qui ne parlait que de hamburgers et de frites. À une semaine de sa retraite il le comprend mieux.

« Des affaires graves ? »

– Dans ce pâté de maisons ? » Hollenbeck essaie de réfléchir. Ils sont assez près de l'université de Pennsylvanie pour que le voisinage ne soit pas complètement désastreux. La plupart des choses graves arrivent plus au nord, là où les gangs se disputent des territoires. « Non. Surtout de la drogue et des petits vols. Deux étudiants se sont battus ici, juste là où nous sommes garés. C'était en quatre-vingt-onze. Je les ai embarqués pour la nuit. C'étaient des étudiants en droit qui se battaient pour une fille. » Il rit. « Je me demande ce qu'ils sont devenus. Ils ont probablement maintenant des enfants qui eux-mêmes vieillissent. »

Taylor acquiesce aimablement en attaquant son sandwich, mais il a l'air déçu par l'anecdote. Il veut des histoires de drame et de succès, se dit Hollenbeck, pas de vagues réminiscences du passé.

« Quelle a été votre plus grande arrestation ? » demande Taylor.

– Un soir nous avons eu un tueur en série.

– Sérieusement ?

– Sérieusement. Depuis des mois il tuait des prostituées près des docks. Mon partenaire et moi l'avons pris à Fishtown, nous l'avons arrêté.

– Comment vous avez découvert que c'était un tueur en série ? »

Hollenbeck comprend au ton de la voix de Taylor que c'est le genre de truc qu'il a envie d'entendre. Hollenbeck n'est pas naturellement vantard, ni particulièrement bon conteur et il essaie de se rappeler ce soir-là pour répondre à la question avec précision. « Il n'était pas net. Nous l'avons interpellé pour avoir brûlé un feu rouge, nous avons pensé qu'il était peut-être soûl. Mais il avait des yeux fous et il ne pouvait pas répondre à des questions simples telles que "où allez-vous?" »

Taylor écoute, fasciné.

« Alors mon partenaire Hoskins et moi l'avons fait descendre de voiture et nous avons fouillé le véhicule. Nous avons trouvé un couteau plein de sang sous le siège et un cadavre dans le coffre. Nous avons reçu des éloges.

— Nom de Dieu, dit Taylor époustouflé. Félicitations. »

Hollenbeck sourit et le remercie. « Sauf que depuis un mois nous recherchions deux complices. Le coroner avait dit que les victimes étaient tuées par un droitier et un gaucher. Alors tous les flics du coin recherchaient deux types louches circulant avec des couteaux. Quand nous l'avons mis à l'arrière de la voiture de patrouille je lui ai demandé où était son complice. Il a répondu : "J'ai tout fait seul." Je lui ai dit que nous savions que ça n'était pas vrai, parce que la moitié des blessures étaient faites par un gaucher. Le type a secoué la tête et il a dit "Je suis ambidextre, mon vieux. Je changeais simplement de main quand j'étais fatigué." »

Taylor rit.

« Il n'y a que les flics que cette histoire fait rire », dit Hollenbeck.

La pluie s'est transformée en déluge et le tambourinement sur le toit de la voiture devient assourdissant. Hollenbeck s'essuie les doigts et fourre tous les déchets dans l'emballage du sandwich. « Allons prendre un café, dit-il.

— Nous venons tout juste de manger, dit Taylor.

— Je sais. Maintenant c'est l'heure du café. » Et il démarre en direction de sa brûlerie préférée.

Madison est en train de préparer un flétan poché et feuillette un livre de recettes pour trouver la sauce appropriée quand elle entend Kyle répondre au téléphone sous le porche. D'après ses réactions elle devine vite que quelqu'un l'informe de la mort de Grolsch. Il joue la surprise et Madison pense qu'il est convaincant. Puis elle l'entend dire : « Oui, capitaine. J'y serai. » Et il raccroche.

Elle sent la sueur perler sur son front et ce n'est pas à cause de la chaleur de la cuisinière. Il sera où ? Où doit-il aller ? Va-t-il devoir répondre à des questions sur la mort de Grolsch ? Elle sort sous le porche et elle est rassurée en voyant que Kyle tient une bouteille de bière, l'air détendu.

Elle lui demande ce qui se passe.

« L'armée est une connerie bizarre », dit Kyle en secouant la tête, amusé.

Madison écarte les bras, sans comprendre. « Qu'est-ce qui s'est passé ?

– J'ai reçu l'ordre d'assister à l'enterrement de Grolsch. On va l'enterrer à Arlington.

– Arlington ? Le cimetière national ? C'était un héros ?

– Pas pour moi. » Kyle sourit et boit une gorgée de bière. « Je sais qu'il a reçu une Étoile de bronze il y a quelques années. C'est peut-être pour ça. » Puis après réflexion : « Tu veux y aller ? »

Madison secoue la tête comme si la question était ridicule. « Non. Je ne vois vraiment pas pourquoi j'aurais envie d'y aller.

– Pas à l'enterrement, à Washington. » Kyle sait qu'elle a toujours envie de voyager, mais ils ne sont chez eux que depuis quelques jours. Elle a aussi envie d'aller au jardin avec Davis, de passer du temps avec Janine et Karen et déjeuner avec elles le dimanche.

« Erk, fait-elle. Il le faut vraiment ? » Kyle est déçu et elle demande : « Pourquoi tu es obligé d'y aller ? Ça n'est pas comme si tu avais de l'amitié pour lui.

— C'est un frère d'armes, répond Kyle en haussant les épaules. Écoute, nous n'avons jamais fait de voyage de noces. Nous devrions peut-être le faire maintenant. Nous pouvons trouver un bon hôtel à Washington pour quelques jours et visiter la ville.

— Sérieusement ? » Elle a compris qu'il n'y ait pas eu de demande en mariage sur la plage, mais elle trouve que transformer en lune de miel l'enterrement du type qu'ils ont traversé le pays pour assassiner, c'est instaurer un mauvais état d'esprit. « Non, je ne veux pas aller au stupide enterrement de ce type. Il voulait détruire notre vie. Et je veux une lune de miel en Australie. » Elle rentre en claquant la porte et retourne à la cuisine.

Quelques minutes plus tard Kyle entre, et elle s'applique à se concentrer sur la sauce pour le flétan. Sur le seuil, Kyle la regarde.

Elle finit par demander « Quoi ? » d'un ton agacé.

« Je crois que nous venons d'avoir notre première dispute.

— En tant que couple marié, oui. Nous nous disputions très souvent au lycée. »

Kyle rit, s'approche d'elle par-derrière et lui pose les mains sur les épaules comme pour lui masser la nuque ; il sait qu'elle aime ça. Elle se dégage, il rit de nouveau, pose ses mains et lui masse doucement le cou.

« Nous irons en Australie, dit-il. Même si ça n'est pas tout de suite. »

Merde, pense Madison. Je suis égoïste. Kyle va devoir rester au garde-à-vous en uniforme de cérémonie pendant que la mère du type qu'il a tué, tué pour moi et mon fils, pleure à quelques pas de lui. Et je lui fais des reproches parce que nous n'avons pas les vacances que je voulais. Je vais quand même attendre quelques minutes avant de m'excuser. Elle se dégage et dit : « D'accord, j'irai à ce fichu enterrement. Maintenant retourne sous le porche jusqu'à ce que le dîner soit prêt.

– Tu viendras ?
– Oui. Maintenant va-t'en. »

Kyle la connaît assez pour savoir quand s'éclipser. « Merci », dit-il gaîment et il ressort finir sa bière.

21

Des drapeaux. Des pelouses tondues à la perfection. Des rangées de stèles alignées avec une telle précision qu'elles provoquent une illusion d'optique quand vous passez dans l'allée immaculée. Des centaines d'acres où tout est à sa place. Jim admire cette perfection. S'il existe encore un endroit comme celui-ci, le monde n'est peut-être pas complètement foutu, se dit-il songeur.

L'entretien du terrain à lui seul doit coûter des millions. À quel moment les Romains ont-ils cessé de s'occuper des cimetières de leurs héros ? Et les Grecs ? Et les Ottomans ? Finalement, chaque tombe ici sera un jour visitée pour la dernière fois et les mauvaises herbes reprendront leurs droits mais ça n'arrivera pas avant longtemps. Le cimetière national d'Arlington est un morceau de bien foncier, et ça lui donne l'espoir de mourir avant lui.

Il se promène en profitant du soleil et du parfum de l'herbe fraîchement coupée et il entend un clairon jouer la sonnerie aux morts dans le lointain. Le clairon va d'un enterrement à l'autre et produit cette même sonnerie six ou sept fois par jour. Jim se demande s'il en a marre de temps en temps, ou s'il en est arrivé à la détester, comme il arrive aux vieux rockers qui paraît-il finissent par détester jouer leurs propres succès. Est-ce que ça lui arrive de dévier soudain sur *Sweet Georgia Brown* sous les yeux horrifiés de l'aumônier ? Est-ce qu'il peut maintenant jouer la sonnerie aux morts grâce à la seule mémoire de ses muscles pendant que son esprit vagabonde et qu'il se rappelle qu'il doit acheter du lait en rentrant chez lui, pendant qu'une mère pleure sur un drapeau recouvrant un cercueil à quelques pas de lui ?

Corina et le petit sont partis devant et Jim aperçoit le groupe de loin. Il n'a pas voulu assister réellement à la mise en terre de l'homme qu'il a tué ni rencontrer ses parents. Corina pense seulement qu'il est timide et qu'il est mal à l'aise parce qu'il ne connaissait pas son mari. Pour elle, ils ne se sont jamais rencontrés. Jim est touché qu'elle trouve des raisons honorables à ce qu'il fait, et il se sent plus coupable de la tromper que d'avoir tué cet abruti.

Ils ont emmené Dylan qui a passé son temps à expliquer qu'il était content de voir bientôt ses grands-parents, en demandant s'ils lui apporteront des cadeaux. Corina a passé une grande partie du voyage de trois heures à lui expliquer que c'est un enterrement et qu'on n'apporte pas de cadeaux quand quelqu'un est mort.

Il a demandé qui était mort.

« C'est papa », lui a dit Corina.

L'enfant s'est tu, laissant Jim se demander s'il était très attristé par la disparition de son père. Puis il s'est remis à bavarder, comme si de rien n'était, il a posé des questions sur la salve de vingt et un coups de fusil et il a demandé s'il verrait les soldats tirer. Corina lui a promis que oui, mais à condition qu'il soit sage.

Sur une hauteur d'où il a une vue plongeante sur l'enterrement, Jim a l'impression que les parents sont enchantés de voir leur petit-fils. Leur réaction face à Corina, en revanche, est très proche de ce qu'elle a prédit pendant le trajet. Jim le devine à leur langage corporel, même à cette distance. Ils ne m'ont jamais aimée, lui a-t-elle dit. Ils ne voulaient pas que leur fils épouse quelqu'un comme moi, une fille de la ville. Jim sent que «fille de la ville» a un double sens, et elle voit qu'il essaie de se l'expliquer.

«Une Mexicaine.» Elle lui adresse un sourire désabusé.

Le cercueil arrive sur un chariot tiré par un cheval blanc et la cérémonie commence. Jim décide de faire un tour dans le cimetière pendant quelques instants. Il s'éloigne jusqu'à ne plus voir la scène et il arrive à un croisement où une grosse pierre polie porte une citation célèbre à propos de liberté et d'indépendance. Pour Jim ces mots sont des sonnettes d'alarme, rien que des signes qu'un pays, ou une faction rebelle, ou n'importe quel groupe, se prépare à user de la violence pour obtenir ce qu'il veut. Dans l'Histoire, les proclamations de liberté précèdent presque toujours des bains de sang, pense Jim. Les mots ne comptent pas beaucoup pour lui. Il a fini le lycée en 1975, quand la défaite au Vietnam, l'effondrement de l'économie et la démission du président dans la honte, tout s'est combiné pour immuniser sa génération contre le patriotisme.

Il se rappelle qu'il voulait être soldat quand il était enfant. Mais c'était une autre époque, où il y avait des héros, des types comme John Glenn, qui a tourné autour de la Terre quand Jim avait cinq ans. On n'a parlé que de ça pendant une semaine. Quand il est sorti du lycée, le monde avait déjà changé et il n'est jamais redevenu ce qu'il était. De nos jours, personne ne reste attentif assez longtemps pour que quelqu'un devienne un héros. Il se dit qu'il préférait la vie d'avant, peut-être un signe de vieillesse. Il se rappelle avoir dit au médecin que tout empirait. Il s'aperçoit soudain que c'était le jour où il a rencontré Corina, et il n'y a plus repensé depuis.

Il entend une salve et se demande si le petit garçon est enthousiasmé. Puis une autre. Et une autre. Il s'apprête à rejoindre les autres. Le son funèbre de la sonnerie aux morts lui parvient, et quand la cérémonie redevient visible elle est terminée. Les enterrements sont rapides ici, pense Jim, et on dirait que le clairon et le cheval en ont un autre auquel ils doivent se rendre s'ils veulent respecter le planning. Du haut de la colline il voit les gens se disperser et Corina tenant son fils par la main. Un soldat vient lui parler. Un grand type. Tous les trois avancent lentement dans sa direction en continuant de bavarder et il va à leur rencontre.

Jim fait un pas de côté pour éviter le cheval blanc qui passe en tirant le chariot, vide maintenant, prêt à aller chercher un nouveau corps. Le clairon suit, puis les sept soldats portant leur fusil, et Jim est impressionné par l'uniforme immaculé de tous ces hommes. Nous ne pouvons peut-être plus gagner de guerre, se dit-il, mais nous pouvons encore monter un spectacle.

Le soldat avec qui parle Corina est lui aussi impeccable. Il marche comme s'il avait un poteau de métal dans le dos, même pour parler à Corina qui est beaucoup plus petite que lui. Jim reconnaît la démarche. Il s'arrête.

Il regarde le visage du soldat. C'est quoi cette connerie ?

C'est le type qu'il a croisé juste devant l'immeuble quand il a tué Grolsch. Celui qui a trouvé le corps de

Grolsch et n'a pas appelé la police. Il n'a pas pris la peine d'appeler la police, mais il va à son enterrement?

Il se passe quelque chose de pas clair.

Jim expire, se détend. Corina le voit dans l'allée et lui fait signe.

« C'est mon voisin Jim, dit Corina au grand soldat. Il a eu la gentillesse de nous amener en voiture au pied levé. » Elle lui sourit. « Jim, voici un des amis de mon mari, le sergent Boggs.

– Vous pouvez m'appeler Kyle », dit le soldat en tendant la main avec un sourire chaleureux. Quand leurs regards se croisent, le sourire se fige une seconde et revient vite. « Kyle tout court. »

Jim pense que ce salaud l'a reconnu.

Kyle est déjà en retard quand il arrive à Arlington, parce que son uniforme de cérémonie s'est froissé dans sa valise et qu'il a dû le repasser à l'hôtel. Ensuite, en remarquant son uniforme, le chauffeur de taxi demande par quelle porte il veut entrer et Kyle se rend compte qu'il n'en sait rien. Comme le cimetière est immense il demande simplement d'entrer par la porte principale, laquelle, comme il l'apprend au bureau d'information quelques minutes plus tard, est complètement à l'opposé de l'endroit où a lieu l'enterrement. Et comme il est interdit de courir en uniforme de cérémonie, il doit traverser au pas de course l'un des plus grands cimetières militaires du monde.

« Où étiez-vous, bon Dieu », lui demande sévèrement le capitaine Sullivan à voix basse quand il arrive et elle indique sa montre. Elle est avec le jeune lieutenant dont Kyle se souvient et qui était devant son bureau pendant qu'elle l'interrogeait à propos des tirs de Raufoss.

C'était il y a une éternité, pense Kyle. Il remarque que son uniforme de cérémonie est trop grand, comme l'était son treillis et se demande si quelqu'un fabrique des vêtements qui aillent à ce garçon.

« Je n'ai aucune excuse, capitaine », répond Kyle bien qu'il en ait un tas de bonnes. Elle secoue la tête, mécontente, tandis que l'aumônier s'approche et salue d'un signe de tête.

« C'est vous la responsable ? » demande-t-il au capitaine Sullivan. Elle acquiesce.

L'aumônier explique comment va se dérouler la cérémonie. Le cercueil arrivera sur un chariot tiré par un cheval, les porteurs du cercueil le déposeront sur le support, l'aumônier lira un court psaume, puis on pliera le drapeau et on le présentera à la veuve. Ensuite les salves, ensuite la sonnerie aux morts, ensuite terminé. Vingt minutes maximum. L'aumônier ne cache pas qu'il a un horaire à respecter.

« Oui, monsieur, dit Boggs.

– Est-ce que quelqu'un veut dire quelques mots ? », demande l'aumônier en insistant sur le mot « quelques ».

Boggs et Sullivan font signe que non. L'aumônier paraît soulagé. Kyle imagine que les éloges prolongés sont le pire cauchemar de cet homme.

« Voudrez-vous être un des porteurs ? demande l'aumônier à Boggs.

– Non, monsieur. »

L'aumônier est surpris. Sullivan hausse les épaules. « Souhaiteriez-vous présenter le drapeau à sa veuve ? »

Boggs sent que refuser une deuxième fois serait grossier. « Je le ferai », dit-il. Le capitaine Sullivan approuve en silence. Boggs se demande pourquoi elle ne veut pas le faire étant donné que ce devoir est censé revenir au commandant de l'unité. Les rumeurs sur Grolsch et Sullivan seraient-elles fondées ?

L'aumônier explique brièvement à Boggs ce qu'il doit faire, où se tenir, comment présenter le drapeau. Boggs a toujours été bon dans les cérémonies. Garder son uniforme impeccable et ne pas éclater de rire sont les seules règles. Les porteurs de cercueil, le clairon, tous l'ont compris. C'est une activité qui paie bien et qui a un taux de survie élevé.

L'aumônier indique un cheval blanc tirant un chariot chargé d'un cercueil recouvert d'un drapeau qui s'approche lentement. « C'est à nous, dit-il. Nous commençons dans cinq minutes à peu près. Restez au garde-à-vous jusqu'à ce que je vous appelle. »

Boggs acquiesce, et dès que l'aumônier s'éloigne Sullivan s'adresse à lui.

« Je voulais vous dire que vous êtes réaffecté. »

Boggs plisse les yeux. « Hors de la 159e ?

— La 159e est démantelée. Nous sommes tous réaffectés. Nous manquons de méchants. La Guerre à la Terreur est à bout de souffle. Tout ce que nous faisons ces temps-ci c'est supprimer un seigneur de la guerre pour qu'un autre le remplace. Et ainsi de suite.

— Où est-ce que je vais ? »

Sullivan hausse les épaules. « Je peux vous envoyer où vous voulez », dit-elle d'un ton léger.

Boggs réfléchit une seconde. C'est un piège pour connaître le poste de ses rêves et l'expédier à l'opposé ? Ah, vous aimeriez travailler pour le Département d'État ? Mais bien sûr, voilà un poste de gardien de dépôt de déchets nucléaires sur l'île de Nunivak. Amusez-vous bien pour y trouver vos contacts du Département d'État, imbécile ! Il observe son expression et décide qu'elle paraît sincère. «Je voudrais travailler dans le renseignement, peut-être en dehors du Département d'État», dit-il prudemment.

Sullivan hoche la tête comme si elle s'en était doutée. «Je connais quelqu'un, Mike Witt, qui dirige le service du renseignement au consulat de Lahore. Je pourrais lui donner votre nom. Il a toujours besoin de personnes avec vos compétences.»

Nom de Dieu, ç'a été facile. Le poste de ses rêves, rien qu'un coup de téléphone et un transfert signé. Enfin! Et bien avant d'avoir trente ans. Beaucoup de temps pour grimper les échelons.

«À une condition», ajoute Sullivan.

Merde.

«Vous me dites ce qui s'est passé avec Al-Mahdi. Avez-vous réellement tiré sur lui ou quoi?» Le capitaine Sullivan le fouille longuement du regard. «Il n'y a plus d'enquête. Elle a cessé quand Grolsch est mort. Je veux seulement savoir la vérité.»

Pourquoi y tient-elle? se demande Boggs. Elle l'a dit elle-même, l'enquête est close. Puis il pense à son refus de remettre le drapeau à la veuve et tout prend sens. La vérité qu'elle veut connaître concerne moins la sécurité nationale que les mensonges de son amant. Elle et Grolsch, Grolsch et elle. Oui, c'est clair.

«Grolsch a complètement déconné, dit Boggs. Il n'a même pas attendu que je lui donne le vent, rien. Il a tiré deux Raufoss dans un mur derrière lequel le type était caché. Il était furieux parce que les hadjis construisaient des murs en parpaing autour de leurs villages pour que nous ne puissions pas les voir.»

Sullivan hoche la tête en encaissant tout ça. «Merci», dit-elle avec un soupir.

« Toutes mes excuses pour vous avoir menti, capitaine, mais je ne savais pas…

— C'est bon », dit le capitaine Sullivan en se détournant pour prendre sa place à côté de la tombe, au garde-à-vous.

Le cheval a tiré le chariot jusqu'à la tombe et Boggs peut sentir l'odeur de l'animal. Elle lui rappelle le Texas.

« J'appellerai Mike Witt demain », dit le capitaine Sullivan avec un regard désabusé et indéchiffrable comme si elle le voyait pour la première fois. « Je suis sûre que vous vous entendrez à merveille, Mike et vous. »

Pendant la cérémonie, Kyle observe la famille de Grolsch. Les parents sont des fermiers desséchés typiques pleins de leur supériorité morale, enchantés de leur rôle de sel de la terre au cœur brisé. Ce genre est fréquent à Bennett. La mère a l'air parfaitement gentille, mais il sait qu'elles sont toutes comme ça. Au lycée, il était toujours stupéfait de voir comme l'étaient les mères des brutes. Les plus charmantes et plus accueillantes dames de l'ouest du Texas qui offraient du pain de maïs et du thé glacé bien sucré après que leurs fils avaient passé le plus clair de l'entraînement de football à parler de flanquer des raclées aux tantouzes.

Le père a tiré sa révérence il y a dix ans, passager dans sa propre vie. Kyle connaît aussi ce genre. Vertueux et rigide, et s'assurant que vous le remarquiez. Il obéit à sa femme et ne se plaint pas, en tout cas pas à elle. S'il est comme son propre père (et pourquoi ne le serait-il pas ?) il passe probablement ses soirées avec son portable soit sur le forum d'un groupe haineux quelconque, soit à essayer de baiser un artiste de l'arnaque portugais qu'il prenait réellement pour une jeune femme. Son propre milieu d'origine n'est peut-être pas si différent de celui de Grolsch, pense-t-il, mais ils ont évolué tout à fait différemment.

À côté des parents il y a un petit garçon agité, à peu près de l'âge de Davis, qui ressemble beaucoup à Grolsch. Sa maman, la veuve à laquelle il doit remettre le drapeau en temps utile, pose doucement la main sur sa jambe pour le faire tenir tranquille.

Il sent que le capitaine Sullivan, debout à côté de lui, la regarde aussi. Elle est séduisante, jolie, d'une façon qui surprend Kyle. Il imaginait que Grolsch serait plus attiré par le type campagnard, l'Américaine pleine de santé typique, une version plus jeune et plus jolie de sa mère. Cette fille est latino, et même avec la robe noire de rigueur pour la veuve du disparu elle a une allure citadine. Kyle ne peut pas imaginer qu'elle et Grolsch aient jamais eu l'air naturel ensemble. Qui a eu l'idée de ce mariage? Il a été heureux? Il en doute. Si un type est un partenaire merdique pour son guetteur, c'est probablement aussi un partenaire merdique pour sa femme.

Il entend le capitaine Sullivan prendre une courte respiration comme si elle essayait de ne pas pleurer quand le cercueil est descendu. *Je suis sûre que vous vous entendrez à merveille, Mike et vous.* Qu'est-ce que ça peut vouloir dire, nom de Dieu? La façon dont elle l'a dit le fait penser qu'il y avait là une signification particulière. Grolsch lui a dit quelque chose? S'ils baisaient, alors probablement ils se racontaient des ragots. Mais qui était au courant? Certaines femmes sont comme la mère de Madison. Elles le voient tout de suite. Il est peut-être parano. Et pourquoi est-ce que ça intéresserait Mike Witt, qui que soit ce type ?

Un des porteurs du cercueil plie le drapeau en un triangle parfait avec quelques gestes prestes et Kyle s'avance. Le porteur lui tend le triangle épais et Kyle contourne la tombe pour s'arrêter devant la veuve, il lui présente le drapeau à deux mains, comme s'il lui proposait un plateau d'amuse-gueules dans un cocktail. En la voyant de près il est surpris de la trouver aussi jolie, de grands yeux marron dans lesquels il remarque l'absence de larmes. De ce côté de la tombe il entend la mère sangloter doucement, et le bruit semble agacer la veuve. Elle prend le drapeau, le pose sur ses genoux et remercie Kyle d'un gracieux signe de tête. Il recule et se met au garde-à-vous pendant que le sergent commence à ordonner la salve. Il voit le capitaine Sullivan et le jeune lieutenant au garde-à-vous. Il n'en est pas sûr, mais il pense que le capitaine a les yeux gonflés, comme si elle allait pleurer.

Chargez. Feu. BANG.

Le petit garçon saute de son siège et fait quelques pas vers les tireurs tout excité, en se tortillant pour mieux voir. Kyle entend sa mère cesser de respirer en essayant de le rattraper.

Chargez. Feu. BANG.

Le petit est en train de perdre la tête, et Kyle le rattrape instinctivement par la main alors qu'il s'est un peu trop rapproché de la tombe. L'enfant ne proteste pas parce que de là où il est, debout à côté de Kyle, il a une vue parfaite sur les tireurs. Ils assistent à la dernière salve ensemble.

Chargez. Feu. BANG.

L'odeur de cordite flotte aux abords de la tombe et Kyle peut sentir l'énergie de l'enthousiasme du petit garçon monter dans son bras comme une décharge électrique. L'escouade des tireurs tourne les talons et s'éloigne, et c'est la fin de la cérémonie.

Kyle sent la veuve tirer le petit garçon, il se retourne et la voit regarder l'enfant avec colère. « Je croyais que tu avais promis d'être sage », grogne-t-elle. Kyle ne peut pas s'empêcher de sourire. C'est exactement ce que Madison dirait à Davis.

Elle lève la tête et son attitude change, elle lui adresse un sourire chaleureux. « Merci. Il serait probablement tombé dans le trou.

— Je serais pas tombé, proteste le petit.

— Madame Grolsch, dit Kyle en lui tendant la main. Je suis le sergent Boggs. Kyle Boggs. Je voulais vous présenter mes condoléances. »

Ils se serrent la main et Kyle se dit qu'elle n'a pas l'air d'une femme qui vient d'assister à l'enterrement de son mari. Elle ressemble plutôt à une étudiante qui attend la fin du cours. Le capitaine Sullivan s'est montrée plus émue.

« Merci, sergent. Vous connaissiez mon mari ?

— Nous avons travaillé ensemble. J'étais dans son unité avant son dernier retour. » Il remarque qu'elle est prête à s'éloigner et il ressent un curieux besoin de poursuivre la conversation. Elle est agréable et charmante, complètement à l'opposé de celle qu'il aurait imaginée comme la femme de Grolsch et il est soudain curieux de savoir comment ils se sont retrouvés ensemble. A-t-il mal jugé Grolsch ? Il fait quelques pas avec elle. « Et qui est ce petit gars ? demande-t-il.

— Dylan, présente-toi. »

Dylan se retourne, lève les yeux vers Kyle et dit « Salut ». Puis il regarde le cheval qui passe devant eux avec le chariot vide.

Kyle rit. « Il me rappelle mon fils.

— Quel âge a-t-il ?

— Quatre ans. » Kyle est étonné de l'enthousiasme avec lequel il a envie de parler de Davis, et il se met à bavarder tandis que la femme de Grolsch le regarde, sous le charme. Kyle n'a pas l'impression de revenir d'un enterrement mais d'avoir rencontré un autre parent au jardin public. Il remarque un homme plus âgé qui vient dans leur direction. Elle lui fait signe et il lui répond.

« C'est mon voisin Jim, dit-elle à Kyle. Il a eu la gentillesse de nous amener en voiture au pied levé. » Elle sourit à Jim. « Jim, voici un des amis de mon mari, le sergent Boggs. »

« Vous pouvez m'appeler Kyle », dit-il gaîment en tendant la main. Puis il remarque que le type le regarde d'une drôle de façon. Nom de Dieu. C'est lui qui est sorti de l'immeuble où Grolsch gisait au pied de l'escalier. Il se ressaisit rapidement. « Kyle tout court. »

22

Pendant le voyage de retour à Philadelphie Corina est silencieuse, elle regarde pensivement par la fenêtre. Son ex-belle-famille vient passer quelques jours chez elle, surtout pour voir leur petit-fils. Les voilà avec une strip-teaseuse portoricaine sur les bras, comme l'a appelée un jour Mme Grolsch, liés à elle pour toujours par Dylan. Corina sait qu'elle aussi est coincée avec eux parce que Dylan les adore. Surtout parce que chaque fois qu'ils se manifestent ils le couvrent de cadeaux comme un petit prince. Grolsch était leur fils unique et maintenant Dylan est leur petit-fils unique, alors il faudra accepter qu'il soit à moitié portoricain.

Elle pense au sergent Boggs. Il a l'air tellement gentil, tellement heureux d'être un mari et un père, tellement fier de son enfant. Elle se demande pourquoi son propre mari n'était pas comme ça. C'est à cause d'elle ? C'est elle qui en a fait un monstre menaçant et imprévisible ? Elle est tout à coup curieuse de savoir comment est la femme du sergent Boggs. Quel est son secret ? Comment se fait-il qu'elle ait la vie que Corina voulait ?

Elle regarde Jim qui conduit l'air impassible comme toujours, ils traversent Baltimore, longent le port, les raffineries et le stade, des kilomètres de béton où que vous regardiez. Jim se tourne soudain vers elle.

« Ce sergent Boggs, dit-il.

— Oui ? Eh bien ?

— Vous le connaissez ?

— Non, je viens de le rencontrer à l'enterrement. Pourquoi ?

— Il y a quelque chose qui cloche chez lui. »

Corina reste perplexe. « Quelque chose qui cloche ? Comme quoi ?

— Je ne sais pas, répond Jim songeur. Je sais seulement qu'il y a quelque chose qui cloche.

— Humm. Comment vous le savez ?

— Je le sens. »

Elle le regarde avec un sourire amusé. « Vous le sentez ? dit-elle en se rapprochant de lui.

— Oui. Il y a vraiment quelque chose de pas net chez lui.

— Oh, vraiment, dit Corina avec un petit rire presque flirteur. Quelque chose de pas net. Vous savez ce que je crois ?

— Qu'est-ce que vous croyez ?

— Je crois que vous êtes jaloux », dit-elle en riant. Puis elle lui prend le bras pour le mettre autour de ses épaules et se serrer contre lui. Elle l'embrasse sur la joue. « Je pense que vous n'aimez pas que je parle avec d'autres hommes. »

Jim la regarde et elle lui sourit.

« Regardez la route », dit-elle et elle ferme les yeux comme si elle essayait de dormir.

Depuis qu'ils ont quitté le cimetière Jim pense au sergent Boggs. Pourquoi ne pas avoir appelé la police quand il a découvert le corps de Grolsch ? Ça n'est pas normal. Il essaie d'imaginer une situation où laisser son ami mort pourrir au pied d'un escalier est un acte normal, mais il n'y parvient pas.

Pourquoi vous éloigner? Parce que vous ne vouliez pas que la police soit informée. Pourquoi? Il n'y a aucune explication. Il fronce les sourcils. Qu'est-ce qui se passe?

Le petit garçon s'est endormi à l'arrière et Corina regarde silencieusement dehors des deux côtés. Des files et des files de véhicules, des panneaux et des échangeurs, sans aucun paysage nulle part. Jim se dit que le tronçon de route entre Washington et Philadelphie est un des plus laids et des plus ennuyeux au monde.

Son esprit retourne à Boggs. Boggs portait un béret vert. Jim ne connaît pas grand-chose à l'armée, mais depuis les films de John Wayne dans les années soixante il se rappelle que le béret vert était celui des Forces spéciales. Une foule d'autres films lui ont appris que ces types font des trucs louches. Boggs est peut-être un tueur à gages pour l'armée. Est-ce qu'il y a des tueurs à gages dans l'armée? Jim décide que oui, peut-être. D'accord, alors Boggs est un béret vert tueur pour l'armée, et il est venu à Philadelphie pour descendre Grolsch. Pourquoi? Qui sait. Disons que Grolsch a mal tourné et que l'armée a envoyé Boggs le liquider. Pas si difficile à croire. Il a volé dix-huit mille dollars à sa femme, il a probablement fait d'autres trucs tordus et l'armée a envoyé Boggs.

Est-ce que ça tient debout? Est-ce que l'armée a réellement une unité qui élimine ses propres hommes? Comment savoir? Mais c'est la seule explication au comportement de Boggs.

Bien sûr, ça veut dire que s'il avait attendu quelques minutes de plus l'armée lui aurait épargné l'effort d'écrabouiller la tête de Grolsch et de le jeter dans l'escalier. Ce qui veut dire aussi qu'il a accompli une action patriotique.

Et que le sergent Boggs a compris que ça devait être lui. Il l'a su à la seconde où ils ont fait connaissance. Est-ce qu'il va parler ? Jim ne le pense pas, parce qu'il imagine que le tueur Boggs des Forces spéciales a probablement informé ses supérieurs qu'il avait rempli sa mission. Donc maintenant il peut difficilement accuser Jim parce qu'alors il devrait admettre qu'il ne l'a pas fait lui-même.

Comme il n'est pas totalement satisfait de l'explication il décide de poser la question à Corina. « Ce sergent Boggs », dit-il.

Corina se retourne comme si elle pensait à lui elle aussi. Mais elle répète qu'elle ne le connaît pas, qu'elle vient de le rencontrer au cimetière. Bien, ça veut dire que Grolsch ne connaissait probablement pas Boggs non plus. Ça vient à l'appui de la théorie du tueur. Mais pourquoi aller à son enterrement ? Jim n'arrive pas à comprendre ça, à moins que le béret vert tueur y ait été obligé par le protocole militaire.

La théorie du béret vert tueur est la seule explication logique. Jim est content d'avoir résolu le problème. Il a dit à Corina qu'il trouvait qu'il y avait quelque chose de bizarre chez Boggs. Peu après elle lui a fait du charme et l'a accusé d'être jaloux. Puis elle s'est nichée contre lui et l'a embrassé.

Ça alors, c'est bien. Son mari n'est sous terre que depuis une ou deux heures, mais merde, si ça ne la gêne pas, lui non plus. Il la serre davantage, elle pose la tête sur son épaule et ferme les yeux.

Il est à peu près cinq heures quand Kyle revient dans la chambre d'hôtel. Madison et Davis sont étendus sur le lit et regardent la télé, et Kyle est surpris quand Davis fait un bond en disant « Papa !

— Hé, salut, mon pote ! » dit Kyle, il le prend dans ses bras et le soulève au-dessus de sa tête, et Davis pousse des petits cris de plaisir. Puis il le laisse tomber sur l'autre lit en déclenchant de nouveaux cris de joie.

« Il ne t'a encore jamais appelé comme ça ! » chuchote Madison. Puis elle lui raconte tout ce qu'ils ont fait pendant qu'il était à l'enterrement. Le Smithsonian Museum, où Davis a beaucoup aimé les avions. Le Washington Monument où il a acheté un cerf-volant orné d'un drapeau américain. Le Lincoln Memorial qui apparemment était ennuyeux. Quand elle a fini de décrire sa journée elle demande : « Comment était l'enterrement ? » Kyle hausse les épaules. « L'enterrement militaire classique. » Il s'anime. « Le capitaine Sullivan était là. Je suis transféré au Pakistan pour travailler dans le renseignement, pour le consulat.

— C'est bien ?

— Et comment ! » Il lève la main doigts écartés. « Tope là. » Elle y répond.

Elle se lève du lit et s'étire. « Tu as rencontré sa femme ?

— Oui, elle a l'air sympa. » Il réfléchit une seconde. « Je ne la décrirais pas comme accablée de chagrin. On aurait dit qu'elle avait envie de s'en aller. »

Madison ne dit rien et enfile son manteau.

« Il y avait un homme avec elle. C'était bizarre. Un homme âgé.

— C'était peut-être son père.

– Non, elle a dit que c'était son voisin.
– En quoi c'était bizarre ? »

Kyle réfléchit en allant dans la salle de bains. S'il lui en dit davantage il devra lui avouer qu'il n'a pas réellement tué Grolsch, ce pour quoi Madison est tellement fière de lui. Mais que s'est-il vraiment passé avec ce vieil homme ? La question le taraude. Ce type a dû voir le corps de Grolsch au pied de l'escalier et il est sorti de l'immeuble. C'est lui qui l'avait mis là ? Difficile à croire. Il a probablement la soixantaine et Grolsch était dans les Forces spéciales, Kyle voit mal une bagarre entre eux qui ait tourné à l'avantage du vieux.

Et si sa femme l'avait payé ? Ils ont l'air assez copains. Payer quelqu'un pour assassiner votre mari vous rend peut-être bons amis. Il était plutôt clair qu'elle n'était pas impliquée émotionnellement dans les événements de la journée. Est-ce que ça veut dire que ce type est un tueur à gages ? Non, il ressemble à un de ces grands-pères que Kyle a vus dans le jardin où il a emmené Davis. Et si c'était une couverture pour un tueur à gages ? Il se regarde dans la glace et fait une grimace. Ça tient debout.

Bien entendu, ça voudrait dire que Madison, Davis et lui ont traversé le pays pour tuer un type qui allait être tué de toute façon. Ils auraient dû simplement rester chez eux. Non. Ils n'ont pas perdu leur temps. Ils se sont amusés. Et maintenant Madison croit qu'il est prêt à tuer pour la protéger, ce qui est épatant. Il aime la situation telle qu'elle est. « Je ne sais pas, bizarre, répond-il enfin.

– Tu crois qu'elle le trompe avec lui ?
– Ça ne serait pas vraiment tromper, si ? Elle est célibataire maintenant, exact ? »

Madison secoue la tête avec un rire coquin. « Kyle, tu es horrible. » Elle prend le manteau de Davis suspendu près de la porte. « Viens, allons manger quelque chose. On a faim.

— J'ai faim, confirme Davis qui saute sur le lit, hors d'haleine.

— Attends que je m'habille en civil.

— Oh non, dit Madison. J'aime ton uniforme de cérémonie. Tu es tellement beau avec. En plus, nous aurons une bonne table. »

Kyle soupire, il se regarde dans le miroir en pied de la salle de bains. Il ajuste son béret. « Bon, dit-il en haussant les épaules. J'irai comme ça. »

23

Hollenbeck emballe les dernières affaires de son cagibi. Trente-trois ans, pense-t-il. Il fallait bien que ça s'arrête un jour. Qu'est-ce qu'il va faire de ses journées ? La plupart des hommes de sa connaissance qui ont pris leur retraite avaient des projets précis et ils en parlaient. Déménager en Floride, acheter un bateau, faire le sentier des Appalaches. Hollenbeck a un agenda vide, pas le moindre projet, et un appartement vide qui l'attend. Il se mettra peut-être à l'ébénisterie, pense-t-il. Il regardera peut-être la télé toute la journée et mourra d'une attaque cardiaque devant l'écran et personne ne le trouvera jusqu'à ce qu'on sente l'odeur de son corps en décomposition depuis le couloir.

Taylor passe la tête dans le cagibi. « Hé, vous voulez résoudre une affaire pour votre dernier jour ?

— Non, répond Hollenbeck en s'adossant à son fauteuil de bureau. Je veux emballer ce bazar et me tirer d'ici. Vous êtes prêt à y aller. L'affaire est pour vous. » Puis, par curiosité : « Quelle affaire ? »

Taylor sourit, entre et dépose un dossier sur la table. « Vous vous rappelez le type qui est tombé dans l'escalier ?

— Oui, je croyais que le coroner avait conclu à un accident. »

Le regard de Taylor s'illumine. «Regardez ça, dit-il en sortant un papier du dossier. Vous m'avez dit de vérifier les empreintes sur la bouteille de bière. Nous venons d'avoir les résultats. Elles appartiennent à un certain Dylan Maclin.» Taylor lui tend une photo qui a l'air de dater des années soixante-dix, avec du grain, presque floue. Ça pourrait être celle de presque n'importe quel adulte blanc de sexe masculin.

«Alors j'ai lu son dossier, dit Taylor, en sortant plusieurs feuillets. Il a disparu il y a une trentaine d'années, présumé mort. Il était membre d'un gang du comté de Delaware appelé les Irlandais. Ou la Mafia irlandaise, ou je ne sais quoi. Ils avaient plusieurs noms. Ils ont braqué un fourgon blindé et ils ont pris deux millions de dollars en 1989.» Il tend les feuillets à Hollenbeck.

«Merde, je m'en souviens, dit Hollenbeck. Ils ont commencé à s'entretuer, c'est bien ça?

– Oui. En une semaine on les a tous retrouvés morts, à l'exception de ce Maclin. Tout le monde l'a cru mort lui aussi. On ne l'a jamais retrouvé, et l'argent non plus.»

Hollenbeck regarde la photo. Est-ce que c'est possible? Il l'examine longtemps, les yeux, le nez. Il décide que oui. C'est possible.

«Le gars a passé quelque temps à la prison de Holmesburg, dit Taylor gaîment. Apparemment il aimait tabasser les gens avec le manche d'une queue de billard. J'ai pensé que ça pouvait vous intéresser.»

Hollenbeck le regarde. «Oui. Ça m'intéresse. Merci.»

Taylor sort du cagibi. «Je vous verrai ce soir à votre fête.» Et il ajoute: «S'il n'y a pas d'homicides d'ici là.»

Hollenbeck lui adresse un salut amical et quand il est seul il revient à la photo. *Ce fils de pute. Il faut lui reconnaître ça, il est très fort.*

Le docteur Greenberg jette le dossier sur sa table et incline le dossier de son fauteuil en arrière en adressant à Jim un sourire amical. «Alors, monsieur Smith, comment allez-vous ?

— Bien, répond Jim. Très bien. »

Le docteur ouvre le dossier. «Rappelez-moi quel est votre métier. »

Jim imagine que c'est une tentative de plaisanterie amicale de la part du docteur. «J'étais architecte, dit-il.

— C'est ça, c'est ça. » Le docteur lève les yeux de ses papiers. «Tous vos examens sont négatifs. » Et avant que Jim puisse réagir il ajoute : «C'est une bonne chose. »

Jim acquiesce. «Très bien. »

Le docteur semble peiné un instant puis il fait carrément une grimace. «Donc», il s'interrompt. Puis il dit rapidement : «La dernière fois, je crois que vous avez mentionné quelques problèmes... de, euh... dépression ?

— Non. C'est vous qui pensiez que j'étais déprimé. »

Le docteur consulte ses notes. «Je lis ici que vous avez dit que vous vouliez mourir.

— Pas aussi clairement. » Jim réfléchit un instant. «Je vois pourquoi vous avez pu tirer cette conclusion.

— Est-ce que quelque chose a changé ? Comment vous sentez-vous ? Avez-vous appelé le numéro que je vous ai donné ? »

Jim décide qu'il aime bien le docteur. Il est maladroit, parler aux gens n'est visiblement pas son fort, mais il essaie. Jim apprécie son effort. Et pour être honnête, il a probablement été un peu négatif à sa dernière visite. « Non, je n'ai pas appelé le numéro.

— Je vois, dit le docteur l'air inquiet.

— J'ai seulement changé quelques habitudes, dit Jim en essayant de se montrer positif. Vous savez, recommencé à faire des choses que je faisais quand j'étais plus jeune.

— Très bien, très bien. » Le docteur approuve entièrement. « L'exercice est important.

— Oui, dit Jim comme si c'était à ça qu'il pensait. Et puis j'ai fait la connaissance de quelqu'un. »

Le docteur est enchanté. « Excellent. C'est très bon pour votre tension. »

Les deux hommes se regardent un instant de part et d'autre de la table. Puis Jim se tape sur la cuisse. « Bon, je ferais mieux d'y aller. Merci encore. »

Le docteur se lève avec lui et l'accompagne à la caisse.

Hollenbeck attend dans sa voiture jusqu'à ce que les derniers clients soient partis, puis il traverse la rue et entre dans le magasin de Cy. Au carillon de la porte Cy lève la tête.

« Bonsoir, inspecteur. » Hollenbeck lui fait un salut de la main en allant à l'armoire réfrigérée et il prend un pack de six de la même bière blonde qu'il achetée la dernière fois. Il l'apporte au comptoir et le tend à Cy.

« Hé, Cy, comment allez-vous ce soir ?

— Très bien, inspecteur. Très bien. » Cy sort une des bouteilles et la scanne six fois tandis qu'Hollenbeck l'observe. Cy lui tend le pack et lui indique le prix.

« Vous avez touché la bouteille de bière, dit Hollenbeck.

– Oui. » Il reste impassible et regarde Hollenbeck à travers ses épaisses lunettes.

Hollenbeck soupire. « Je sais qui vous êtes », dit-il.

Cy acquiesce. « Je le sais. »

Hollenbeck a un sourire désabusé. « Non, je veux dire que je sais vraiment.

– Je vois.

– Je suis resté en face dans la voiture à peu près une heure. Et j'ai décidé de ne pas vous arrêter.

– M'arrêter ? Pourquoi voudriez-vous faire ça ?

– Parce que je sais qui vous êtes. » Comme Cy ne dit rien, Hollenbeck ajoute : « Vous avez tué beaucoup de gens.

– Oui. Vous allez m'arrêter pour ça ?

– Oui. J'en avais l'intention, mais j'ai décidé de ne pas le faire. » Il regarde autour de lui. « Vous êtes ici en citoyen respectueux de la loi depuis trente ans. En quoi votre arrestation rendrait-elle le monde meilleur ? » Il adresse à Cy un long regard sincère. « Que deviendrait votre femme ? Elle est en fauteuil roulant, n'est-ce pas ?

– Oui, en effet, dit Cy qui visiblement n'y comprend rien.

– Je me dis parfois que nous sommes en droit de nous demander si ce que nous avons fait change quelque chose, vous voyez ? » Hollenbeck hausse les épaules. « Je ne vais pas terminer ma carrière en détruisant votre vie, quoi que vous ayez fait quand vous étiez jeune. »

Cy approuve. « J'apprécie », dit-il. Hollenbeck s'apprête à sortir et Cy le rappelle. « Inspecteur, comment avez-vous découvert ça ? Je ne vous en ai jamais parlé. »

Hollenbeck se retourne vers lui en maintenant la porte ouverte avec son dos. « Vos empreintes. Nous avons vos empreintes.

– Mes empreintes ? Du Vietnam ? Quoi ? Ça n'est pas possible... »

Mais la porte s'est refermée. Hollenbeck est devant le magasin, pack de bière à la main, et regarde sa montre. Huit heures moins cinq. Je ferais mieux de m'activer, se dit-il.

J'ai un départ à la retraite à fêter.

Iain Levison, né en Écosse en 1963, arrive aux États-Unis en 1971. À la fin de son parcours universitaire, il exerce pendant dix ans différents métiers – chauffeur de poids lourds, peintre en bâtiment, déménageur ou encore pêcheur en Alaska –, sources d'inspiration de son récit autobiographique *Tribulations d'un précaire*. Il décrit ainsi son expérience : « Sans m'en rendre compte, je suis devenu un travailleur itinérant, une version moderne du Tom Joad des *Raisins de la colère*. À un détail près. Tom Joad n'avait pas fichu quarante mille dollars en l'air pour obtenir une licence de lettres. »

Le succès arrive en France avec *Un petit boulot*, livre devenu culte, encensé par la critique et les libraires. Dans ses six romans suivants, Iain Levison poursuit sa critique drôle et cinglante de la société américaine et de ses dérives, s'attaquant aussi bien à l'armée et la justice qu'aux hommes politiques.

Plusieurs de ses romans ont été traduits à l'étranger et trois d'entre eux ont été adaptés au cinéma : *Arrêtez-moi là!* réalisé par Gilles Bannier, avec Reda Kateb et Léa Drucker (2014) ; *Un petit boulot* réalisé par Pascal Chaumeil, avec Roman Duris et Michel Blanc (2016) ; *Une canaille et demie* (*Canailles*) réalisé par Christophe Offenstein, avec François Cluzet, Dora Tillier et José Garcia (2022).

Achevé d'imprimer sur Roto-Page en février 2022
par l'Imprimerie Floch à Mayenne
N° d'impression : 99917
Dépôt légal : mars 2022

Imprimé en France